U0047979

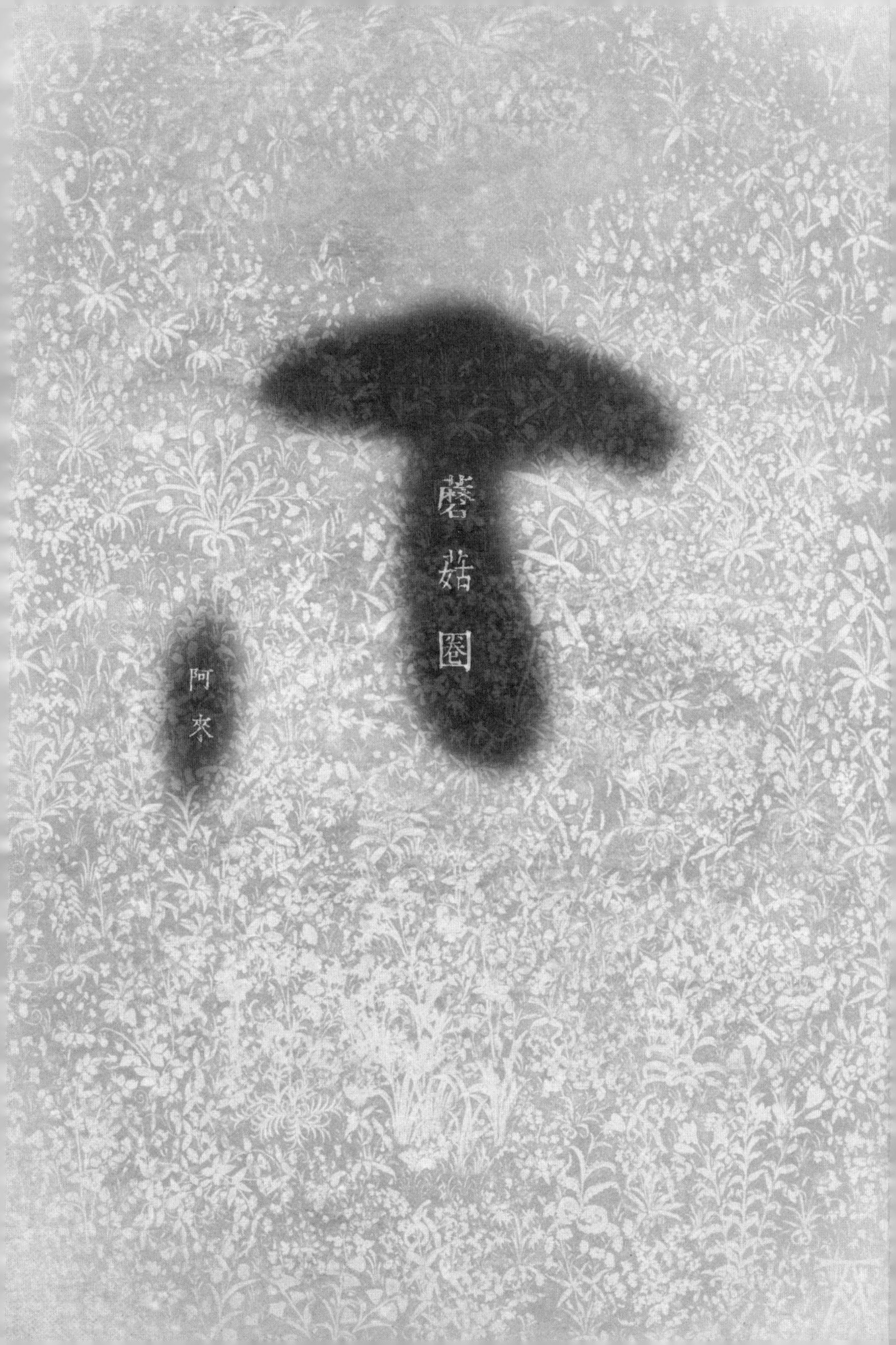
蘑菇圈
阿來

目次

蘑菇圈

早先，蘑菇是機村人對一切菌類的總稱。

五月，或者六月，第一種蘑菇開始在草坡上出現。就是那種可以放牧牛羊的平緩草坡。那時禾草科和豆科的草們葉片正在柔嫩多汁的時節。一場夜雨下來，無論直立的莖與匍匐的莖都吱吱咕咕地生長。草地上星散著團團灌叢，高山柳、繡線菊、小檗和鮮卑花。草蔓延到灌叢的陰涼下，瘋長的勢頭就弱了，總要剩下些潮濕的泥地給盤曲的樹根和苔蘚。

五月，或者六月，某一天，群山間突然就會響起了布穀鳥的鳴叫。那聲音被溫暖濕潤的風播送著，明淨，悠遠，陡然將盤曲的山谷都變得幽深寬廣了。

布穀鳥的叫聲中，白晝一天比一天漫長了。

阿媽斯烱說，要是布穀鳥不飛來，不鳴叫，不把白天一點點變長，這夏天就沒有這麼多意思了。

那個時候，阿媽斯烱還年輕，還是斯烱姑娘。

那時應該是一九五五年，機村沒有去當兵的人，沒有參加工作成為幹部的人，沒有去縣裡農業中學上學的人，沒有抽調到築路隊去修公路的人，以及那些早年出了家，在距村子五十里地寶勝寺當和尚的人，都會聽到這一年中最初的鳥鳴聲。聽見山林裡傳來這一年第一聲清麗悠長的布穀鳥鳴時，人們會停下手裡正做著的活，停下嘴裡正說著的話，凝神諦聽一陣，然後有人就說，最先的蘑菇要長出來了。也許還會說別的什麼話。但那些話都隨風飄散了，只有這句話一年年都在被人說起。

也就是說，當一年中最初的布穀鳥叫聲響起的時候，機村正在循環往復著的生活會小小地停頓一下，諦聽一陣，然後，說句什麼話，然後，生活繼續。

那時，大堆的白雲被強烈的陽光透耀得閃閃發光。

誰也不知道機村在這雪山下的山谷中這樣存在著有多少年了，但每一年，布穀鳥都會飛來，會停在某一株核桃樹上，某一片白樺林中，把身子藏在綠樹蔭裡，突然敞開喉嚨，開始悠長的，把日子變深的鳴叫。因此之故，機村的每一年，在春深之時的某一刻，日子會突然停頓一下，在麥地裡拔草的人，在牧場上修理畜欄的人，會停下手裡的活計，直起腰來，凝神諦聽，一聲，兩聲，三聲，四五六七聲。然後又彎下腰身，繼續勞作。即便他們都是被生存重壓弄得總是彎著腰肢，面對著大地辛勤勞作，到了這一刻，都會停下手中無始無終的活計，直起腰來，諦聽一下這顯示季節轉好的聲音。甚至還會望望天，望望天上的流雲。

不止是機村，機村周圍的村莊，在某個春深的上午，陽光朗照，草和樹，和水，和山岩都閃閃發光之時，出現這樣一個美妙而短暫的停頓。不止機村，不止是機村周圍那些村莊，還有機村周圍那些村莊周圍的村莊，在某一時刻，都會出現這樣一次莊重的停頓。這些村莊星散在邛崍山脈、岷山山脈和橫斷山脈，這些村莊遍布大渡河上游、岷江上游、青衣江上游那些高海拔的河谷。

那個停頓出現時，其他村莊的人凝神諦聽之餘會說點什麼，機村人不知道。但機村肯定會有一個人會說，今年的第一種蘑菇要長出來了。那時，機村山上所有的蘑菇都叫蘑菇。最多分為沒有毒的蘑菇和有毒的蘑菇。而到了這個故事開始的一九五五年或是一九五六年，人們開始把沒有毒的蘑菇分門別類了。杜鵑鳥再開始啼叫的時候，在一九五五六年，機村的人就說，瞧，羊肚菌要長出來了。

是的，羊肚菌就是機村那些草坡上破土而出的第一種蘑菇。羊肚菌也是第一種讓機村人知道準確命名的蘑菇。

它們就在悠長的布穀鳥叫聲中，從那些草坡邊緣灌木叢的陰涼下破土而出。

像是一件尋常事，又像是一種奇跡，這一年的第一種蘑菇，名字喚作羊肚菌的，開始破土而出。

那是森林地帶富含營養的疏鬆潮潤的黑土。土的表面混雜著枯葉、殘枝、草莖、苔蘚。軟軟的羊肚菌悄無聲息，頂開了黑土和黑土中那些豐富的混雜物，露出了一隻又一隻暗褐色的尖頂。布穀鳥也許就是在這個時候開始鳴叫的，所以，長在機村山坡上的羊肚菌也和整個村子一起，停頓了一下，諦聽了幾聲鳥鳴。掌管生活與時間的神靈按了一下暫停鍵，山坡下，河岸邊，機村那些覆蓋著木瓦或石板的房屋上稀薄的炊煙也停頓下來了。

只有一種鳥叫聲充滿的世界是多麼安靜呀！

所有卵生、胎生，一切有想、非有想的生命都在諦聽。

然後，暫停鍵解了鎖，村子上藍色炊煙復又繚繞，布穀之外，其他鳥也開始鳴叫。比如畫眉，比如噪鶥。比如血雉。世界前進，生活繼續。

經歷了那奇幻一刻的名喚羊肚菌的那一種蘑菇又開始生長。

剛才，它用尖頂拱破了黑土，現在，它寬大的身子開始用力，無聲而堅定的上升，拱出了地表。現在，它完整地從黑土和黑土中摻雜的那些枯枝敗葉中拱出了全部身子，完整地立在地面上了。從灌木叢枝葉間漏下星星點點的光落在它身上。風吹來，枝葉晃動，那些光斑也就從它身上滑下來，落在地上。不過，不要緊，又有一些新的光斑會把它照亮。

這朵菌子站在樹陰下，像一把沒有張開的雨傘，上半部是一個褐色透明的小尖塔，下半部，是拇指粗細的菌柄，是那只雨傘狀物的把手。這朵菌子並不孤獨，它的周圍，這裡，那裡，也有同樣的蘑菇在重複它出現的那個過程——從黑土和腐植質下拱將出來，頭上頂著一些枯枝敗葉，站立在這個新鮮的世界上。風在吹動，它們身上的特有的氣味開始散發出來。陽光漏過枝葉，照見它們尖塔狀的上半身，按照仿生學的原理，連環著一個又一個蜂窩狀的坑。不是模仿蜂巢，是像極了一隻翻轉過羊肚的表面。所以，機村山坡上這些一年中最早的菌子，按照仿生學命名法，喚作了羊肚菌。

布穀鳥叫聲響起這一天，在山上的人，無論是放牧打獵，還是採藥，聽到鳥叫後，眼光都會在灌叢腳下逡巡，都會看到這一年最早蘑菇破土而出。他們都會不約而同把這種蘑菇小心採下，在溪邊採一張或兩張有五六個或七八個巴掌大的掌形的橐吾葉子鬆鬆地包裹起來，浸在冰涼的溪水中，待夕陽西下時，帶下山回到村莊。

這個夜晚，機村幾乎家家嘗鮮，品嘗這種鮮美嬌嫩的蘑菇。

做法也很簡單——用的牛奶烹煮。這個季節，母牛們正在為出生兩三個月的牛犢哺乳，乳房飽滿。沒有脫脂的牛奶那樣濃稠，羊肚菌嬌嫩脆滑，烹煮出來自是超凡的美味。但機村並沒有因此發展出一種關於美味的感官文化迷戀。他們烹煮這一頓新鮮蘑菇，更多的意義，像是讚歎與感激自然之神豐厚的賞賜。然後，他們幾乎就將這四處破土而出的美味蘑菇遺忘在山間。

眼見得菌傘打開了，露出裡面白生生的裙襬，他們也視而不見。眼見得菌傘沐風櫛雨，慢慢萎軟，腐敗，美麗的聚合體分解成分子原子孢子，重又回到黑土中間，他們也不心疼，也不覺得暴殄天物，依然濃茶粗食，過那些一個接著一個的日子。

儘管那時工作組已經進村了。

儘管那時工作組開始宣傳一種新的對待事物的觀念。

這種觀念叫作物盡其用，這種觀念叫作不能浪費資源。

這種觀念背後還藏著一種更厲害的觀念，新，就是先進；舊，就是落後。

工作組展望說，應該建一個罐頭廠，夏天和秋天，封裝這些美味的蘑菇，秋末和冬初，則封裝山裡那些同樣美味且營養豐富的野果。例如覆盆子、藍莓和黃澄澄的沙棘果。在機村，那些野果，本只是孩子們的零嘴，更多，是滿山鳥雀，甚至還有黑熊的食物。

基於這種新思想，滿山的樹木不予砍伐，用去構建社會主義大廈，也是一種無心的罪過。後來，機村的原始森林在十幾年間幾乎被森林工業局建立的一個個伐木場砍伐殆盡，但工作組展望過的罐頭廠迄今沒有出現在機村或機村附近的山野，那是後話。

在一九五五年、一九五六年間，蘑菇季一到，工作組率先大吃羊肚菌，機村傳統的烹煮法和小孩們偶一為之的燒烤法，那都太單調了。他們自有特別豐富的做法。他們用豬肉罐頭燴製的蘑菇更是鮮美無比。機村人不明白的是，這些導師一樣的人，為什麼會如此沉溺於口腹之樂。有一戶人家統計過，被召到工作組幫忙的斯烱姑娘，端著一只大號搪瓷缸，黃昏時分就來到他們家取牛奶，一個夏天，就有二十次之多。也就是說，住在村的工作組，一個羊肚菌季節，至少吃了二十回牛奶烹煮的鮮蘑菇。嚯嚯。至少是二十回呀。一個羊肚菌季節也就一個月多一點點。嚯嚯。哪止二十回啊，那是去到一戶人家的次數，要知道機村可有二十多戶人家。

答案簡單明瞭，文明。飲食文化。

機村東頭，對著一條通向雪山埡口的山溝。曾經有一條再過三十年會被稱為茶馬古道的過道，從雪山埡口蜿蜒而下，經過機村，向西通向草原地帶。所以，村子東頭，曾經有過一條短短的街道。這驛道如今叫了茶馬古道。街上有幾家外來人開的代餵馬代釘馬掌的旅店，幾家商舖，幾家飯館和一個鐵匠舖。斯烱十二、三歲時就到其中一家旅店幫傭，主要的工作就是每天到山前溪邊割馬草。那些在驛道上馱著貨物走了一天的馬會站在馬圈裡整整吃一個晚上的草。睜著眼吃，閉著眼睛打盹和做夢時也不停嘴。

斯烱在的那家店，掌櫃姓吳。斯烱在店裡學了些漢話，後來還認得了百十來個漢字。

有時閒下來，就在店裡的板壁上寫這些認得的字。馬、草、斤、兩、錢、糖、茶、客。

一九五四年，山裡通了公路，政府建立了供銷社，汽車運來豐富的貨物，那條街道就衰落了。那些開店的外鄉人都攜家帶口回了內地老家。吳掌櫃也拖家帶口回了內地老家。

小街一衰敗，斯烱就回了家。因為認得些字，還會說漢話，就被招進了工作組，那時叫作參加了工作。那個在羊肚菌季節裡，端了可以裝一升牛奶的大搪瓷缸子到人家替工作組取牛奶的姑娘就是她。把斯烱這個名字，第一次用漢字寫下來，是工作組長。他從舊軍裝前胸的口袋裡拔出筆來，說小姑娘很精神嘛，眼睛烱烱有神嘛，就用烱烱有神的烱吧。村裡還有叫斯烱的，此前在工作組的花名冊上都寫成斯穹。

斯烱參加了工作組，她腿腳勤快，除了端著一只大搪瓷缸子去村中人家取牛奶，還會提一個籃子去各家各戶討蔬菜。那時的機村人不像現在，會種那麼多種蔬菜。那時，機村人的地裡只有土豆、蘿蔔、蔓菁三種蔬菜。工作組的人不僅能說會道，還會把蘿蔔和土豆在案子上切絲切片，刀飛快起落，聲音猶如急切的鼓點，這也讓機村人歎為觀止，目瞪口呆。而那些裹滿泥巴的土豆與蘿蔔，都是斯烱在村前的溪流裡淘洗乾淨的。春天、夏天和秋天，溪水溫和，洗東西並不費事，但到了冬天，斯烱的手在冰窟窿裡冰得彤紅，人們見她不斷把雙手舉到嘴邊，用呵出的熱氣取暖。

就有人說，斯烱，不要在工作組了，回家裡守著火塘，你阿媽的茶燒得又熱又濃啊！

斯烱一邊往手上呵著熱氣，一邊笑著說，我在工作！

那時工作是一個神聖的字眼，可以封住很多人的口。但也有人會說，工作是宣傳政策教育老百姓，你洗蘿蔔洋芋，就算是在冰水裡洗，也不算工作！

那時，工作組正幫著機村人把初級農業合作社升級成高級農業合作社。

春天的時候，布穀鳥叫之前，新一年的春耕已經是由高級社來組織了。機村的地塊都不大，分散在緩坡前、河壩上、高級社了，全村勞動力集中起來，五、六十號人同時下到一塊地裡，有些小的地塊，一時都容不下這麼多人。工作組就組織地裡站不下的人在地頭歌唱。嚯，眼前的一切真有種前所未有的熱鬧紅火的氣象。

高級社運行一陣，工作組要撤走了。

工作組長給了斯烱兩個選擇。一個，留在村裡，回家守著自己的阿媽過日子；再一個，去民族幹部學習兩年，畢業後，就是真正的國家幹部了。

斯烱回到家裡，給阿媽端回一大搪瓷缸子土豆燒牛肉，她看著阿媽吃光了等共產主義來到時就會天天要吃的東西，問阿媽好吃不好吃。阿媽說，好吃，就是吃了口渴。那時機村人吃個牛肉沒有這麼費事，大塊煮熟了，刀削手撕，直接就入口了。斯烱抱著阿媽哭了一鼻子，就高高興興隨著工作組離開村莊，上學去了。

再往前，三十多年前吧，機村和周圍地帶有過戰事。村子裡的人跑出去躲避。半年後回來，阿媽肚子裡就有了斯烱的哥哥。然後是一九三五年和一九三六年，紅軍爬雪山過草地，機村人又跑出去躲避戰事，回來時，阿媽肚子裡有了斯烱。兩回躲戰事，斯烱的阿媽就帶回了兩個沒有父親的孩子。更準確地說，是兩個不知父親是誰的孩子。

斯烱的哥哥十歲出頭就跟一個來村裡做法事的喇嘛走了，出家了。

這一回，斯烱又要走了。

村裡人說，是呢，野地裡帶來的種，不會待在機村的。

想不到的是，這兩個被預言不會待在村裡的兩兄妹不久就又都回到村裡。先是斯烱的哥哥所在的寶勝寺反抗改造失敗，政府決定把一座八百人的寺院精簡為五十個住寺僧人，其他僧人都動員還俗回鄉，從事生產。斯烱的哥哥也在被動員回鄉之列。但斯烱哥哥不從，逃到山裡藏了起來。上了一年學的斯烱接到任務，讓她去動員哥哥下山。後來，村裡人常問她，斯烱，你在學校裡都學過什麼學問啊？斯烱都不回答，就像她生命中根本沒有上過民族幹部學校這回事情一樣。其實，她清楚地記得，那天正在上政治課，有人敲開門叫她去樓下傳達室接電話。她去了，連桌上的課本和筆和本子都沒有收拾。電話裡一個聲音說，現在你要接受一個任務，接受組織的考驗。這個任務和考驗，就是要把她藏到山上的哥哥動員回家。她問，我怎麼動員他？給他寫一封信？電話裡問，他認識你寫的字嗎？她說，那我給他捎個口信吧。電話裡說，問題是，他藏起來了，找不到他。斯烱說，你們都找不到，我也找不到啊！電話裡說，他要是再不下山，就要以叛匪論處了，叫你去動員，也算是仁至義盡了。斯烱就說，那我去找他吧。

斯烱連教室都沒回，就坐著上面派來的車去兩百多里外的山裡找人了。

在哥哥出家的寶勝寺四圍的山裡，斯烱進進出出七、八天，喊得聲音都嘶啞了，他那當和尚的哥哥都沒有出現。斯烱以為，哥哥一定是死在什麼地方了。所以，她還一個人哭了好幾場。在山洞前哭過，在溫泉旁哭過。最後一天，她對著一大樹盛開的杜鵑花想，花這麼美麗，人卻沒有了，就又哭了起來。這回哭得很厲害，下山的時候，她眼睛還腫著。學校發的那身大翻領的有束腰的灰制服也被樹枝劃拉出了好幾道口子，紮著兩個大辮子的頭髮間，掛著一縷縷松蘿。她對幹部說，我找不見他了。

幹部說，你沒有完成任務。

斯烱問，我還能回學校去嗎？

幹部沒有說可以回，還是不可以回，而是冷著臉說，你看著辦吧。

學校裡的教員和幹部常常對一個自知自己可能犯了錯而手足無措的學員說這句話，你看著辦吧。

斯烱對幹部說，那我回家去，告訴阿媽，哥哥找不見了。

就這樣，一九五九年，離開村子一年多的斯烱回到了機村。她是空著手回到機村的。她的課本什麼的還留在教室裡，衣服什麼都還留在八個人一間的宿舍裡。她的床底下，塞著一口棕色皮箱，裡面是她的幾套衣服，藏式的衣服，和學校發的幹部衣服。她的課本和衣服都留在學校，自已穿著一身在山裡尋人時被樹枝劃拉出很多道口子的幹部服就回到機村了。從此，再未離開。

她回到機村的那天，高級社的社員們正在村子旁最大的那塊有六、七十畝的地裡鬆土除草。那時，地裡一行行麥苗剛長到一拃多高。全社的社員都在地裡彎腰揮動著鶴嘴鋤。這時，有人說看看是誰來了。

大家都直起腰來，看見斯烔正穿過麥地間的那條路。好幾個眼尖的人都說，是斯烔回來了。

斯烔空著雙手，看都不朝麥田裡勞動的鄉親們看一眼，就朝自己家走去了。有人就對她的阿媽說，看看，當了幹部了，不朝我們看就罷了，也不朝自己的阿媽看一眼。

也有人說，像是很傷心的樣子啊！

社長就對斯烔的阿媽說，你就回家看看吧。

第二天，斯烔還沒有出來與村人們相見。

大家就在地裡問她阿媽說，你女兒回來幹什麼啊。

阿媽就哭起來，說，她哥哥找不見了。他們要他還俗回家，生產勞動，他就跑進山裡不見了。

村裡人說，他又不是真在修行的喇嘛，一個粗使和尚，背水燒茶，回來也就回來吧。

可是他不見了，斯烱也找不見他，喊不應他。

第三天，斯烱就穿著那些帶著破口的大翻領的有束腰的灰色幹部服下地勞動了。

大家來和她說話，打探消息。

但她在山裡喊啞了嗓子，人們問她什麼，她都指指嗓子，我說不動話了。

斯烱就是這樣回到機村來的。

機村的很多人物故事都是這樣結束的。比如說雪山之神阿吾塔毗，故事的結尾就是，阿吾塔毗帶著他兩個勇敢的兒子，就是那一年到我們這裡來的。哪一年呢？大概是一千多年前的某一天吧。

後來，斯烱的兒子膽巴問她，阿媽是哪一年回到村裡的？

斯烱說，哦，很久了，我想不起來了。

兒子再問，她就說，真的很久了，都是生下你以前的事情了。

大概也是斯烱從民族幹部學校回到機村那一年，傳說距離機村很遙遠的內地鬧起了饑荒。

那一年的機村發生了三件事。

第一件，離開才兩三年的工作組又進駐到機村，來提高糧食產量。工作組是大地正從冰凍中融化的時候來到的。那時，村子裡那些剛剛解了凍的土路變得泥濘不堪，弄髒了工作組幹部的鞋和褲腿。他們一邊在火上烤被泥濘弄濕的鞋，一邊召集高級社的村幹部們來開會。工作組提出當年糧食產量要翻一番。這把高級社的社長和副社長都嚇壞了。

社長說，上天不會讓地裡長出這麼多糧食的。

工作組說，人定勝天，這是新思想。思想是最有力的武器。

副社長說，種莊稼不是打仗，武器沒有用處的。

最後，社長和副社長都被說服了。他們和工作組一起想出了一個辦法，多上肥料。每戶人家的牛欄和豬圈都被鏟除得一乾二淨。工作組說，這是一舉兩得。地得到肥料，愛國衛生運動也同時開展起來了。機村人第一次發現，原來自己長時期與糞便為伍而不自知，機村人還發現，其實自己也願意過更乾淨的生活。村子裡的人畜糞沒有了。人們又上山去，把森林裡的腐植土背下山來，鋪在地裡。

當雪線一天一天往高處退去，退過了闊葉樹的林帶，又退過了針葉樹的林帶，徘徊在高山草甸時，播種季節來到。種子播下不久，樹林返青，先是柳樹和楊樹，然後是樺

蘑菇圈

樹和花楸。等到幾場春雨下來，黑土地裡就浮現出一層隱約的翠綠。那是麥苗出土了。當莊稼綠成一片的時候，布穀鳥叫了，除草時節來到。那時，大家都覺得，糧食產量真的可以翻一番。看看那些麥苗吧，因為地裡上足了肥料，麥苗綠得那麼深，像是某種綠寶石的顏色。到了夏天，麥苗抽穗時，每一個穗子都前所未有地碩大。人們都歡欣鼓舞，相信一個產量翻一番的收穫季就會到來了。可是，社長還是憂心忡忡，他說，全靠肥料，全靠肥料，今年把多年存下的肥料都用光了，明年用什麼呢？

機村人因此說這個社長真是個苦命人，該高興時都不讓自己高興起來。他們想讓社長高興起來，因此都開玩笑說，我們一定要讓牛和豬多拉屎，我們也一定要多拉屎，不讓社長操心明年沒有肥料。工作組說，農家肥沒有了，有化肥，大工廠生產的化學肥料。

大家一面議論工廠製造的肥料該是什麼樣子，一面等待莊稼熟黃。可是，這些長得分外茁壯的莊稼還在拚命生長，不肯熟黃。後來人們回憶說，那一年的莊稼呵，真是長瘋了。瘋了一樣的長，就是不肯熟黃。那些老農民就跟社長一樣地憂心忡忡了。莊稼再不成熟，高原山地夜間就要下霜了。霜凍會使沒有成熟的莊稼顆粒無收。這樣的情形真的就在那一年發生了。連續三個夜晚的霜下下來，地裡還在灌漿不止的麥子都凍壞了。

那一年，機村有史以來長得最茁壯的莊稼幾乎絕收，上面卻要按年初上報產量翻番的計畫徵收公糧。

社長扳著指頭算算，最多到次年三月，機村人家家戶戶都要斷糧，也要跟傳說中的內地一樣餓死人了。

算過這個賬，社長覺得自己罪孽深重，上吊死了。

第二件事，阿媽斯烱的哥哥回來了。

他一出現在家裡，斯烱就抱著他身子猛烈搖晃，我在山上喊破了嗓子，你倒是答應一聲啊！

斯烱她哥哥虛弱地說，山上？我什麼時候在山上？我被關起來了。

原來，這個燒火和尚並沒跑到山上去。

那天，他已經收拾好東西了，準備回家了。整頓寺廟工作組的一個人給他和另幾個和尚一封信，叫他送到縣裡去。他說，可是，我要回家了。工作組的人和顏悅色，說，去吧，送了這封信再回家。他是天空剛剛露出黎明光色時離開寺院的。

他懷裡揣了工作組員給他的信，肩著一個褡褳，往縣城而去。褡褳一頭裝著被褥，一頭裝了一口鍋，一把壺，兩只碗，這是他在廟裡生活的全部家當。走出好幾里地後天亮了，他回望一眼，寺廟已不可見，只可見一座白色佛塔立在寺廟後面的山上。

到縣政府，傳達室的人接過信看了，笑笑，又把信塞回到他手上，說，你自己送到公安局去吧。他問清了路，把信送到公安局。公安局的人看了信，從腰間拔出手槍，拍在桌子上，他就被戴上手銬了。他還聲辯，工作組讓我來送信的。公安說，信上說，這個人到了就把他關起來！

我沒有犯法。

犯沒犯法，寫信送你來的人來了就知道了。

然後，他和好些人一同關在一個大房子裡。後來，一起的人都處理了，有了各自的結果。有要坐牢的，也有教育一陣，無罪釋放的。就剩他一個人了，始終沒有人來看他。看管人的也鬆懈起來。一個晚上，電閃雷鳴之時，他從窗戶上探出頭去，沒有人喊回去，沒有手電光閃過來。他從窗口上跳出去，也沒聽到人拉動槍栓。他就跑到外面去了。第二天，他還在縣城裡晃蕩了一天，也沒有人來抓他。於是，黃昏時分，他就出了縣城，往機村的方向去了。

他一進家門，妹妹斯烱就哭喊著搖晃著他，工作組讓我到山上找你，你為什麼不出來？你為什麼現在又自己跑出來。

他還沒有來得及辯解，妹妹又喊道，工作組在找你，你到工作組去！

他只好跑到工作組去。他想，人家又沒叫他，自己跑去幹什麼呢？所以，就只在工作組住的那座房子門前徘徊。

這座房子是村子裡最漂亮的房子。比村子裡所有兩層三層的房子都要高上一層。一般的房子是六根柱子，八根柱子，這座房子是十六根柱子。所以，這座房子的主人就成了地主。這座房子為兩兄弟所有，他們共同娶一個老婆。工作組在村裡做了很多調查研究，也弄不清楚這座房子的真正主人是這兩兄弟和他們共同的老婆中的哪一個。本來只有一頂地主的帽子，因為弄不清這三個人哪一個是真正的主人，乾脆就又從上面再申請了兩頂帽子，這才解決了這個問題。

早在一九五四年，三個戴了地主帽子的人，就被逐出了這座房子。一層建了供銷社，二層三層就成了工作組來村裡時的臨時住地。

斯烱的哥哥在工作組駐地前徘徊了足足半天時間，看到一個人立在窗前用口琴吹著激昂的樂曲。看見一個穿了灰色幹部服的姑娘，提著一個籃子到溪邊洗菜。那姑娘唱著歌，蹦蹦跳跳地，都不看他一眼，就從他身邊過去了。他想起，前些年，妹妹斯烱就是幹這個的。然後，就去了民族幹部學校。想到妹妹是因為他，失去了成為幹部的機會，這個燒火和尚前所未有地傷心起來。他傷心得淚水迷離。他想，自己真是一個俗人了。早年進廟，落髮，披上紫紅袈裟，廢了在俗家的名，得了法名，稱作法海。但這個連老爹都沒有的窮孩子，不要說投在名僧門下學法修行，因沒有錢財供養上師，只能成為雜役僧，換取衣食，是為燒火和尚。聽來一些經文，也都不知半解，自己琢磨，也就是教人安於天命，少有非分之想的意思。心裡起了什麼欲念，便是按捺，再按捺。久而久之，人就變得懦弱，而且有些遲鈍了。現在，他卻悲從中來，任由情緒控制了。天黑下來，這是八月了，樓上飄下來烹煮蘑菇的香味。

這個季節，不是羊肚菌的時光了。

這時是從青棡林裡來的松茸登場了。

那個時候，還沒有松茸這個名字。那時羊肚菌之外的所有菌類，都籠而統之稱為蘑菇。最多為了品種的區分，把生在青棡林中的蘑菇叫作青棡蘑菇。把生在杉樹林中的蘑菇叫作杉樹蘑菇。

樓上在用紅燒豬肉罐頭燒這種蘑菇。香味飄到樓下，樓下那個沒人理會的法海和尚卻因為妹妹和自己奇妙的遭際淚水迷離。

第三件事，斯烱在這一年生了一個孩子。

斯焖上了一年民族幹部學校的意義似乎就在於，她有機會重複她阿媽的命運，離開機村走了一遭，兩手空空地回來，就用自己的肚子揣回來一個孩子。一個野種。

和尚法海收了淚，回到家中，對妹妹說，沒人來理我。

斯焖正在給孩子餵奶，便拍著孩子的腦袋說，舅舅回來了，叫舅舅啊！

孩子吐出奶頭，咧開嘴笑，並發出模糊的音節，啊，啊啊。

法海便笑起來。他聽到自己的心臟咚咚撞擊胸腔。

斯焖說，和尚舅舅，給侄兒取一個名字吧。

法海就說，我親愛的侄兒還沒有名字嗎？

斯焖笑道，家裡男人不在嘛。

法海抱過侄子，把茶碗裡正在融開的酥油蘸了，點在嬰兒額上，說，你叫膽巴。

第二天，斯焖上山，滑倒在地，腳蹬開樹叢間的青棡樹邊緣帶著尖齒的浮葉，下面露出了一群蘑菇，密密麻麻擠在一起。斯焖不顧被樹葉上的尖齒扎痛的雙手，笑了，說，蘑菇在開會呢。

斯焖從這群蘑菇中採了十幾隻樣子漂亮，還沒有把菌傘撐開的，帶下山來。

經過工作組的房子前，她取出一多半，放在院牆頭上。一個隊員從窗口望見了，說，鄉親，謝謝了！

斯烱怔了一下，他們真的把她看成一個村民，而不是幹部了。以前，他們叫她斯烱，更不會為了幾隻蘑菇就客氣地說謝謝。是啊，穿回來的幹部服已破得不成樣子，叫阿媽改成小褲子小褂子，穿在兒子身上了。

斯烱對樓上說，我哥哥回來了，他給我兒子取了名字，叫膽巴。

那個人聽了她的話，揚揚手，從窗口消失了。

她不知道，樓上當年把她名字寫成斯烱的人，那位名叫劉元萱的工作組長正在問，剛才斯烱在說什麼？

她送了些蘑菇來。

我沒問蘑菇，我問她說什麼。

她說她哥哥回來了。

回來了，就回來了，叫他老老實實從事生產。

那人就到窗口喊，叫他老老實實從事生產！

可斯烱已經走遠了，拐過一個彎，消失不見了。

那人又回身說，她走遠了，沒有聽見。

走遠了還喊什麼喊？

她兒子有名字了，叫膽巴。

哦，到底是廟裡回來的，有點學問嘛！知道元代趙孟頫嗎？知道膽巴碑嗎？我看你們不知道，這個名字的喇嘛，當過元朝皇帝的帝師啊。你們不知道，我倒要問一問他。

過幾天，斯炯上山去，不由得走到那個有很多蘑菇的地方去看上一眼。如果上次是蘑菇開小會，那這回開的是大會了。更多的蘑菇長成好大一片。斯炯知道，自己是遇到傳說中的蘑菇圈了。傳說圈裡的蘑菇是山裡所有同類蘑菇的起源，所有蘑菇的祖宗。她又採了一些。下山來，又把一多半放在工作組房子的牆頭上。這時窗口上傳來聲音說，你，不要走，等我一下。

那是工作組長劉元萱，當年送她進了幹部學校那個人。不一會兒，他披衣下來，站在斯炯面前，你哥哥回來了，也不來報個到。

斯炯問，現在嗎？

隨時。

法海和尚來了。

工作組長復又從樓上披衣下來。問他，出家多少年了。法海回話，十幾年了。名叫法海。噓，這名字也有來歷。法海說，我們廟裡好幾個法海。跟的是哪位上師啊？我家窮，沒有布施供養，吃穿都靠著廟裡，拜不起上師，就是每天背水燒茶。哦，以前的漢地，有個燒火和尚，叫作惠能，得了大成就是成為禪宗六祖，你可知道？法海搖頭。你給侄兒起名叫作膽巴，元朝時候，有個帝師，也是藏族人，也叫這名字，你可知道？法海復又搖頭，說，村裡還有幾個男人，也叫膽巴。組長失望了。如此說來，你真的就是個燒火和尚。我是燒火和尚。那麼回去吧，好好勞動，努力生產。

法海就轉身離去了。

走了幾步，和尚法海又回過身來，他對工作組長說，我十一、二歲到廟裡……

組長在他猶豫的時候插話進來，到底是十一歲還是十二歲？說清楚點。

我十一、二歲時就到廟裡，除了背火燒火劈柴，什麼都不會幹。

組長徘徊幾步，放羊會吧！早上把羊群趕上坡吃草，下午把牠們從坡上趕下來！

這樣，和尚法海就成了村裡的牧羊人。

進屋時，斯烱正在一隻平底鍋中把酥油化開，把白生生的蘑菇片煎得焦黃。這是她在工作組時學來的做法。蘑菇沒下鍋時，有奇異複雜的香味，像是泥土味，像是青草味，像是松脂味，煎在鍋裡，那些味道消散一些，彷彿又有了肉香味。機村人的飲食，自來原始粗放，舌頭與鼻子都不習慣這麼豐富的味道。所以，面對妹妹斯烱放在他碗中的煎蘑菇片，法海並無食欲。

斯烱說，吃吧，這樣可以少吃些糧食。都說社裡的糧食吃不到明年春天。

法海像個孩子一樣抱怨，我們從來都只是吃糧食、肉和奶的。

斯烱像個上師一樣說，也許一個什麼都得吃點的時候到來了。

一九六一年，一九六二年，後來機村人回憶說，那時我們的胃裡裝下了山野裡多少東西啊！原來山裡有這麼多東西是可以用來填飽肚子的呀。櫟樹籽、珠芽蓼籽、蕨草的根，還有漢語叫人參果本地話叫蕨瑪的委陵菜的粒狀根，都是澱粉豐富的食物。還吃各種野草，春天是蕁麻的嫩苗、苦菜，夏天是碎米薺的空心的莖、水芹菜和鹿耳韭。秋天。秋天各種蘑菇就下來了，那也是機村人開始認識各種蘑菇的年代。羊肚菌之外，鬆軟而碩大的牛肚菌，粉紅渾圓的鵝蛋菌，還有種分岔很多卻沒有菌傘的蘑菇，人們替它起個名字叫掃把菌，後來，劉元萱組長說，不用這麼粗俗嘛，像海裡的珊瑚樹，就叫珊瑚菌吧。

是工作組和從內地的漢人地方出來逃荒的人教會了機村人採集和烹煮這些東西。

工作組略過不說，那個逃荒回來的人是吳掌櫃，他當年是機村東頭那條小街上的旅店掌櫃。公路修通後，他們一家人就回內地老家去了。

那天，法海和尚上山放羊。

那天，他趕著羊群，經過人們不常去的那段石板鋪就荒廢小街。那百十米長的街道上，石板縫裡長滿了荒草。羊群走過去，碰折了牛耳大黃和牛蒡，散發出一種酸酸的味道。街兩邊早年的店鋪頂都塌陷了，板壁也在朽腐中，斯烱當年幫工時用木炭描在上面的字跡已經相當模糊了。這荒涼的廢墟中，似乎有鬼魂遊蕩。法海口裡念動咒語，心裡就安定了。

下午趕著羊群再經過這個廢棄的街道時，他彷彿看見，某一座房頂上繚繞著若有若無的藍煙。他聳聳鼻子，聞到了煙的味道。是濕柴燃燒的混濁的味道。他心驚肉跳地催動羊群快速通過了那條街道。

晚上，斯烱煮了一大鍋湯，裡面只有很少的麵片，其餘都是蘑菇。

放下飯碗，法海開口了，我看見了奇怪的事，說出來怕人說我宣傳封建迷信。

斯烱說，這是在家裡，只有我和阿媽。

法海才說，我碰到鬼了。

斯烱沒說什麼，只看了阿媽一眼。阿媽也不以為怪。

他說，他在老街上遇到鬼了。那些鬼在破房子裡生火，還在破窗戶晾晒了野菜和蘑菇。

斯烱說，不要說了，再說，我以後不敢再去那地方了。

法海笑了，說，我看到你以前寫在板壁上的字還在呢。

斯烱沉下臉來，那是另一個人寫下的。一個鬼寫下的。

連著下了幾天雨。

天氣也一天冷過一天。山下下雨，山上起了霧，把山林和天空都遮得嚴嚴實實。寒氣四起。機村人知道，那是山上的雨已經變成了雪。但是地裡的莊稼還沒有收回來，空氣中充滿了那些沒有結穗的麥草在雨水中漚爛的味道。那是令人絕望的味道。

終於，無有邊際的冰涼雨水止住了，雲縫中放出耀眼的陽光。

那時，斯烱正在屋裡跟阿媽說話。

阿媽說，這麼多雨，不要說莊稼，地裡的草都漚爛了，沒有指望了。

法海說，爛了就爛了吧，人反正也不能靠吃草過活。

斯烱說，我操心的不是這個，是雨把青棡和蘑菇都漚爛了，那才是不讓人活。好在太陽出來了。

說完，她就把孩子塞到他外婆懷裡，出門去了。

連續陰雨後的荒野真是淒楚。林子裡的蘑菇都腐爛了。那麼大一個蘑菇圈裡，起碼有兩三百朵蘑菇，經過連天陰雨，只剩下十幾朵沒有腐爛。她趕緊把它們收集起來。斯烱覺得，蘑菇腐爛的氣味令她有些心傷。於是，她抬起頭來，把視線轉移到樹上，她看到青棡樹籽還一粒粒掛在枝頭上，拇指頭那麼大一顆顆的果實，緊嵌在褐色殼斗中，閃閃發光。斯烱想，不成熟的莊稼爛在地裡，等太陽把樹上的水氣晒乾，就該到樹林裡來搞秋收了。她的心情立即就好多了，覺得笑容浮現在了臉上。她抬手在臉上撫摸一陣，把雙手舉在眼前，並沒有看到笑容轉移到手掌之上。

出了樹林，斯烱對自己說，太蠢了，笑怎麼會跑到手上。但她知道自己笑得更厲害了，於是一邊走，一邊把手舉在眼前，想看到上面確實有笑容出現。

她一路想青棡樹上那些飽滿的亮錚錚籽實，一面笑著。這是饑荒將要駕臨機村的時候，她知道，有了這些籽實，他們一家就能熬過荒年。她在說，阿媽，看著吧，哥哥看著吧，兒子看著吧，我能讓一家人度過荒年。

等到她覺得走到了家門口，要抬手推門時，才吃了一驚。

她不在村子裡自家的門前！

她發現自己站在那條荒廢已久的小街上。她不敢對自己說，一定是遇見鬼了。那時的機村人相信，有一種鬼會把人引到祂們的地盤上。

斯烱想起了哥哥的話，說她以前用木炭描在板壁上的字還在。她想，那是鬼在引我呢。腳步卻止不住，很快就來到了她幫過傭的吳記旅店門前。她描下的字真的還在，但被風吹日晒雨淋，不止是字跡已經快淡到沒有，連木板的棕褐色也將消失殆盡，變成了一片慘白。她伸出手，要去摸摸那些淡淡的字跡，木板就破碎了。不是她手碰觸到的那一小塊，而是整個一面板壁都塌下來。腐爛的板壁塌下來的時候，沒有一點聲響，就是悄然下滑，變成一些細碎的粉末，堆在她腳前。店鋪的內部一下在她面前洞開。

接下來，她看到了一堆有氣無力的燃著的火，看到了一個人，一個老人，面容悲戚坐在火邊。

斯烱驚呆了，哥哥法海說有鬼，現在，一個鬼真的出現在她面前了。

那個鬼抬起眼皮，看著她，啞聲說，是斯烱吧。

斯烱不敢驚叫，小聲說，鬼啊！

那個鬼說，我不是鬼，我是吳掌櫃。

斯烱想跑，卻挪不動步子，恐懼把她的雙腳釘住了。

那個鬼又說，你仔細看看，我是吳掌櫃。

這回，斯烱從這個鬼身上看出一點過去那個掌櫃的影子。小眼睛，山羊鬍鬚。斯烱戰戰兢兢問，掌櫃，你死了嗎？

我沒死。

那你的鬼怎麼回來了？

掌櫃的嘴裡發出了哭聲，我們一家七口人從這裡走的，只有我一個人回來了，變鬼的那些人都回不來了。掌櫃哭泣的時候，眼淚鼻涕從那溝溝坎坎的臉上慢慢滑下來，最後，都亮晶晶地掛在了那幾綹花白乾枯的鬍子上。掌櫃又伸出一雙瘦腳，兩隻腳上套著不一樣的鞋子。兩隻鞋底都已經磨穿。他說，要是撿不到這些鞋，我都走不到這裡了。走不到你們蠻子地方了。

斯烱問了一句話，你走來這裡幹什麼？

掌櫃小心翼翼地問了一句話，我惹你不高興了？

斯烱在民族幹部學校學到的東西湧上心頭，湧到嘴邊，不准說蠻子地方，解放了，民族政策，要說少數民族地方。

是啊，是啊，解放了，說錯話也是不允准的。我想我只有走到這裡才有活路。山上有東西呀！山上有肉呀！飛禽走獸都是啊！還有那麼多野菜蘑菇，都是教人活命的東西呀！

聽著這些話，斯烱也變得眼淚汪汪了。

以前的掌櫃說，我想求你要點東西。

斯烱說，呀，掌櫃，現在我們一家為省點糧食，吃得滿身都是蘑菇味，哪裡還有東西可以施捨給你呀！

掌櫃笑了，斯烱長大了，會哭窮了。他笑著的時候，露出了通紅的水淋淋的牙齦。

斯烱想起，以前掌櫃的牙齒就不好，吃完飯，就用腰上掛著的一只象牙籤剔牙。他從牙縫裡剔出的都是牛肉羊肉或者野物肉的粗纖維。他會舉著這些細肉絲在眼前，感嘆自己的苦命。感嘆自己在老家立足不住，來到這只能吃肉而少有菜吃的地方。他常常舉著牙縫裡剔出來的肉絲懷念家鄉那些菜，豆腐、豆花、蓮藕、筍、絲瓜、豆尖……，這樣的結果是，他的牙縫越來越寬，從牙縫裡剔出的肉纖維越來越多。那時，掌櫃就這樣天天詛咒這個蠻子地方，詛咒自己開的這個店。

現在，他那些稀鬆的牙齒快掉光了，嘴裡就剩下顏色鮮豔的讓人噁心的牙齦。

他對斯烱說，給我一小塊肉吧，我滿身都是草的味道了。

斯烱想起以前他討厭肉的樣子，說，沒有肉了。同時，嘴和喉舌間唾液泛起，生起了她對肉的懷想。

掌櫃又哀求，我要鹽，不然，往肚子裡塞再多野菜和蘑菇，我也站不起來了。

斯烱笑了，有了供銷社，鹽可比以前便宜多了。

掌櫃又露出他滿嘴令人噁心的牙齦，他說，我吃了兩隻土撥鼠、好多泥鰍，和著野菜一起煮，但沒有鹽，身上還是沒有力氣，我都快站不起來了。他說，只要你給我一些鹽，身上有了力氣，我就能弄得更多的肉。

斯烱回家，告訴放羊的哥哥，說老街上沒有鬼，是以前的吳掌櫃偷跑回來了。斯烱包了些鹽在舊報紙裡，讓哥哥放羊時順便送去。

哥哥不同意，說，千里萬里的，說回來就回來了，你怎麼曉得他不是個鬼？

斯烱說，你是和尚，念兩句咒，就是鬼也鎮住了。

哥哥說，我不是大喇嘛，一個燒火和尚的咒怕是沒有那麼大法力吧。

而斯烱卻抽不出時間往那條廢棄了的老街上去。雨水一停，工作組就組織全部勞動力搶收地裡那些因肥力過度而不能成熟的麥子。工作組在動員會上說，收不到糧食，但這些麥草都是很好的飼草，可以把集體的牛羊餵得又肥又壯，莊稼怕肥，難道牲口也怕肥嗎？組長有學問，說了一句村裡人不懂、工作組裡人也大多不懂的話，失之東隅，收之桑榆。這句話經過多次解釋，多重翻譯，終於讓村裡人聽懂了。這句經過多次翻譯的話最後成了這樣：太陽出來時沒有得到的，會在太陽落山時得到。

有人說怪話，說太陽出來時失去的糧食，太陽落山時變成了草。

工作組說，草餵牛餵羊，就變成了肉，所以，太陽落山時就得到了肉。

收割下來的草太多了，晒在柵欄上，一束束掛在樹上，整個村子充滿了正在乾燥的麥草散發的清香。放羊的法海和尚更忙了。夜裡起來兩次，往羊圈裡添那些草。他的羊群吃著這些肥美的麥草，脹得都走不了路了。早上，羊欄門打開，牠們都惺忪著眼睛，又肥又懶，賴在圈裡不肯上山了。

斯烱只好在一個黃昏，帶著滿身的麥草香親自把鹽送給吳掌櫃。

吳掌櫃守著一坑微火，火上架著半邊鐵鍋，裡面的野菜都煮成了糊，他又流下眼淚，望眼欲穿，望眼欲穿呀！若大旱之望雲霓呀！他直接把一撮鹽入在口中，吃了。又往野菜糊裡放了許多，也呼呼嚕嚕地喝了。心滿意足地拍著肚皮，說，斯烱，你的家鄉真是好地方，這麼大的山野，餓不死人的呀！

斯烱就想起他以前詛咒這蠻子地方的情形來。

還沒等斯烱開口，提提這些舊事，掌櫃又哭了起來，可是，這麼好的地方，我是待不長啊！

斯烱說，你就待在這裡，怎麼待不長？

掌櫃說，現在不是隨便跑來跑去的時代了。我的戶口不在這個地方。我的戶口在餓死人的地方。

雖然不時有傳言說，內地的漢人地方這兩三年都餓死人了，她還是不能相信掌櫃一家都死得只剩下他一個人了。掌櫃吃了鹽，更有力氣絮絮叨叨了。這讓斯烱有些不耐煩了。她看見月光越過牆頭落在腳前，就要告辭離開了。掌櫃說，你不要走，山裡好多野菜都可以吃，你們不認識，我把那些野菜教給你。他從牆頭上拿下晾得半乾的野菜。斯烱一看，眼前就出現它們長在野地搖晃在風中的樣子。她說，好吧，我知道它們可以吃了。然後，她就離開了。

吳掌櫃說，過幾天，你再來，我還教你認識更多的野菜。他說，你要再帶些鹽巴來

蘑菇圈

啊！

斯烔沒有回頭，走在雜草叢生的老街上，前方的天空中半輪月亮在雲彩中進進出出，她心裡想，可憐的掌櫃到底是個人還是個鬼呢？

回到家裡，哥哥等在院門口不讓她進門。他口裡念念有詞，端著一只燃著柏枝的香爐，把她周身細細熏過，這才放她進門。你不怕鬼，但不能把鬼氣帶回家裡來。熏完香，哥哥看她上樓，回身又往羊欄添草去了。

荒廢的老街上有鬼的消息在村子裡傳開。

斯烔沉默不言，走在山野裡，看到吳掌櫃指給她的野菜，她心裡就想，原來這些都是可以吃的，都是看見就認識卻沒有名字的。多少年後，在縣裡當了幹部的兒子，想念山野的味道了，會捎信來說，請阿媽採些碎米薺來吧，請阿媽捎些蕁麻苗吧。當然，也會捎信說，請阿媽帶著新鮮的松茸來看孫兒吧。她才知道這些野菜和蘑菇的名字。直到這時，她也才曉得，蘑菇是所有菌子的名字。她守了幾十年的蘑菇圈裡的蘑菇還有自己的名字。

但那是很久以後的事情了。

那時，她對這些還一無所知。她只是聽憑逃荒的吳掌櫃的指點，比村裡人多認識了幾種野菜。吳掌櫃吃了鹽，還是有氣無力的樣子，對她說，斯烱啊，還有蘑菇。蘑菇不像野菜，四出隨風，無有定處。蘑菇的子子孫孫也會四處散布，但祖宗蘑菇是不動的。它們就穩穩當當待在蘑菇圈裡，年年都在那裡。

斯烱笑起來，我已經有一個蘑菇圈了。

真的，那你是一個有福氣的人啊。

斯烱心裡因他這話而有些悲傷，她想起民族幹部乾淨的床鋪、書、筆記本，但她隨即轉了話題，說，你都吃了那麼多鹽，怎麼還是有氣無力的樣子啊！

吳掌櫃沉默了，後來，他說，悲傷，是悲傷，我這幾天才有力氣想，這樣活下去又如何呢？吳掌櫃又笑了。他笑著說，我看我是活不下去了。這一回，他沒有坐在破房子的火邊不動，而是伴著斯烱穿過荒廢的長滿了蕁麻、臭蒿和牛耳大黃的街道，走到當年的街口了。掌櫃說，這棵丁香還在啊！斯烱就想起來，五、六月分時，當年的街口真有一棵盛放的，香氣濃烈的花樹。現在，它只是紛披著盛密的綠葉，在太陽下閃閃發光。而山坡上的樺樹林已經開始泛黃了。

吳掌櫃說，好心的斯烱啊，你不用再來看我了。我要走了。

斯烟說，你又要回老家去嗎？

吳掌櫃說，冬天要來了。

斯烟回身，視線穿過那條短促而荒蕪的街道，看到更遠處的峽谷，和峽谷盡頭那座雪山。吳掌櫃的老家就在山那邊什麼地方。

斯烟說，多遠的路啊！其實，她並不知道那路到底有多遠。

吳掌櫃笑笑，說遠也遠，說近也近，說不定一眨眼工夫就到了。

斯烟是個沒心眼的人，聽不懂吳掌櫃是話中有話。又過了幾天，她才明白掌櫃說要走了是什麼意思。

那天半夜，村外山坡上燃起了一大堆火。

工作組分析，這不是普通的火，是潛伏特務給反攻大陸的臺灣蔣匪幫飛機發信號。以前，臺灣也有東西到山裡來過，不是飛機，是大氣球。大氣球飛到村子上空，就爆開了，撒得滿山都是彩色紙片。這些紙片畫了什麼或寫了什麼，斯烟沒有見過。傳單都被上山搜查的民兵撿乾淨了。和傳單一起從天上下來的還有包裹得花花綠綠的糖果，斯烟和村裡人見過但沒有嘗到過。工作組說了，這些糖果上黏了毒藥，是蔣匪幫毒殺人民的誘餌。工作組得知山上燃起大火這一天，村裡立即響起尖利急促的口哨聲。民兵集合，向山上掩殺而去。全村人都在山下觀看。人們看到，在杉樹和櫟樹混生的林子和草坡之間，民兵們形成了一個包圍圈，把昨夜燃起火堆的地方包圍起來。包圍圈越來越小。斯烱開始擔心了。她把手指頭伸進嘴裡，用牙齒緊緊咬住。有幾個民兵再往右邊的林子靠近一些，就要發現她的蘑菇圈了。他們端著槍，離她的蘑菇圈越來越近。斯烱都要叫出聲來了。那幾個端著槍的人距她那隱密的地方實在是太近了。她想，要是那些蘑菇像人一樣，懂得害怕，一定就會尖叫著四散奔逃了。

這時，山上有人發一聲喊，民兵們齊齊撲向一個地方，齊齊把槍指在了地上。

後來，他們就兩手空空下山來了。

大家又回到地裡收割和搬運那些穗子沒有成熟的肥壯麥草。他們什麼也沒說，但一股神祕的氣氛還是從人們中間四散開來。村民們開始議論遙遠的，他們一無所知的臺灣。

這氣氛也感染了斯烱，晚上，吃蘑菇野菜麵片湯的時候，斯烱對哥哥說，山上一定有民兵沒有撿乾淨的紙片。哥哥說有時會看到，但都被雨淋壞，被羊咬破了。

法海說，羊都不肯嚥下去的東西，你要來幹什麼？

斯烱說，我就是想看看。

法海抱怨，吃了那麼多麥草，羊都不肯上山，每天把牠們趕上山，就把我累壞了，還要替你找什麼紙片。

斯焗用湯裡的麵片餵飽了兒子，把他塞到法海懷裡，稀里呼嚕地喝起麵片湯來。他們不知道，這時，民兵又按工作組的安排悄悄摸上山去了。白天，他們衝上山去，只在包圍圈中心發現一些灰燼，一些浮炭，還有幾根啃光的肉骨頭。這一回，民兵們趁月亮還沒有起來，摸上山去潛伏下來。但是，這個晚上，那個燃火的人沒有出現。連著三個晚上，那個燃火的人都沒有出現。於是，民兵也就停止了潛伏行動。

民兵停止潛伏行動的這個晚上，吃晚飯時，斯焗對哥哥說，對你侄兒笑笑，不要把臉弄得那麼難看。

法海抱怨，吃這麼多野菜和蘑菇，臉好看不了。

斯焗的臉也難看起來，不給他盛麵片湯，也不把兒子塞到他懷中。

法海自己覺得沒道理了，他說，斯焗啊，我好像丟了一隻羊。

斯焗立即放下飯碗。

我數過，一百三十八。前天數，一百三十八，昨天數，一百三十八。本來是一百三十九隻啊！

今天沒數？

哥哥低下頭，我不想數了。

斯烱起身，馬上去數！

哥哥說，天黑，看不見啊！這時，他還不知道，今天他又丟了一隻羊。

這時，兒子哭了起來。平時就是哭也只是小小的哭上兩三聲的兒子這回卻哭個不停。

法海和尚沒有侍弄孩子的經驗，只一迭聲地說，膽巴他怎麼了，膽巴你怎麼了。

膽巴繼續哇哇大哭。

斯烱抱著兒子，絮絮叨叨，膽巴怪舅舅不懂事呢。舅舅嫌飯不好呢。舅舅丟了羊呢。舅舅讓媽媽當成不了幹部了呢。說著說著，自己眼裡的淚水就滑下來，掛在臉上。

這時，村子裡響起了急促的哨子聲。金屬口哨聲響亮而又尖利，刺得人耳朵生痛。

山上那個火堆又燃起來了。

全村人都從屋子裡出來，望著山坡上那堆篝火。那堆火並不特別盛大明亮，而是閃閃爍爍，明滅不定。民兵們發起衝鋒，散開戰鬥隊形，撲向山上那一堆野火。

這一回，他們沒有撲空，一個人坐在火邊，眼光明亮貪婪，在啃食一隻羊腿。這隻羊腿來自法海放牧的羊群中的第二隻羊。那個就是逃荒回來的吳掌櫃。他的山羊鬍鬚上沾著的羊油閃閃發光。民兵們打開了槍刺和沒有打開槍刺的槍齊齊指向他。吳掌櫃嘆口氣，臉上露出奇怪的笑容，他站起身來，自己把手背到背後，讓人來綁。上繩索的時候，他又很奇怪的笑了一下，說，沒想到，臨了還能做個飽死鬼。

吳掌櫃當時說的話，後來從民兵嘴裡傳出來的，斯烱和別的村民一樣，並沒有親耳聽見。她和別的村民一樣，當時只看到山上的火滅了，又看到一串手電光從山上下來，看到一個被反綁了雙手的人被帶進了工作組在的那座房子裡。

那是機村少有的一個不眠之夜。很多人都認出來那個山羊鬍鬚的吳掌櫃。他們一家在村東頭那條曾經的小街上開了十多年的店。他們在公路修通、驛道凋敝時離開機村，回到老家。人們還記得他離開時，帶著一家老小轉遍整個村子，挨家鞠躬告別的情形。但村裡沒人知道他何時回來，為什麼回來，而且這樣行事奇特，要偷殺合作社的羊，並於半夜在山上生一堆火，在那裡烤食羊腿。只有斯烱知道他是出來逃荒的。知道他這麼做是不想活了。

早上，民兵們要把吳掌櫃押到縣裡去。

村裡人都聚集在村中廣場上，來看這個消失多年又突然現身的吳掌櫃。他臉上仍然掛著奇怪的笑容。他已經變得花白的山羊鬍鬚上仍然凝結著亮晶晶的羊油。

他的眼光在人群裡搜尋。斯烱知道，他是在尋找自己。起初，斯烱躲在人群背後，不敢露臉，但她看到吳掌櫃臉上露出了焦急的神情，斯烱想，這個可憐人是要跟自己告別。她便奮力擠進人群，站在了他面前。吳掌櫃吁了一口氣，他說，我回機村來是對的，臨了還能做一個飽死鬼。

斯烱忍住眼淚，面無表情地站在吳掌櫃面前。

掌櫃說，斯烱啊，我看到你的蘑菇圈了。真是一個好蘑菇圈。吳掌櫃又悄聲說，你要去看看你的蘑菇圈。

斯烱說，天涼了，十幾天前就沒有蘑菇生長了。

吳掌櫃很固執，去看看，說不定又長什麼來了。

民兵橫橫手裡的步槍，說，住嘴！

本來想反駁吳掌櫃的斯烱就不說話了。

吳掌櫃被民兵押著上路了。

走到村口，往西北去，是開闊谷地，往東，河水大轉彎那裡，有一堵不高的石崖。崖頂上長著幾株老柏樹，樹下面十幾米，河水衝撞著崖壁，濺著白浪，激起漩渦。崖上的路，也在那裡和河水一起轉而向南。吳掌櫃沒有隨著道路一起轉彎，他一直往東走，走到了一株老柏樹跟前。他回過頭，看了尾隨而行的看熱鬧的人群一眼，再轉身直接往前，直到雙腳踏空，跌下了懸崖，在河水濺起了一朵浪花。只有兩個押送的民兵看到了那朵短暫的浪花。等其他人也撲到崖頂，看那河水時，浪花已經消失了。跌進水中的人也消失不見了。後來，那個沒有了魂魄的屍身從下游幾百米處冒上了水面，沒有人試著要去打撈這具屍體，只是望著他載沉載浮，往他家鄉的方向去了。

斯烱害怕得要命，沒敢走到崖前向河裡張望。她渾身顫抖往家裡去。回家的路上，她看見法海正趕著羊群上山，羊群去往的地方，正是昨晚民兵把掌櫃抓下山來的那個地方。

她也就跟著爬上山去。

她追上法海的時候，羊群已經在泛黃的秋草間四散開去。法海站在一攤灰燼前發呆。昨夜，那裡還是一團閃爍不定的火光，現在卻只是一些暗白色灰燼和一些黑色的浮炭。斯烱盯著那了無生氣的火堆的遺跡，眼淚潸然而下。法海和尚卻在笑。他說，幸好民兵抓住了他，不然，他們會說我破壞集體經濟。他們會懷疑是我吃了那兩隻羊。

斯烱流著淚，說，吳掌櫃跳河了。

法海和尚平靜地說，他是解脫了。

斯烱說，我害怕，他最後的話是對我說的。

法海和尚說了讓斯烱記得住一輩子的話，他說，你是怕他變鬼嗎？沒有廟，沒有幫忙超渡的人，他變鬼有什麼用呢？他用腳撥弄灰燼旁那段羊腿骨，說出了心中的疑問，他殺了我兩隻羊，為什麼只有一段羊腿骨，難道他餓到連那些骨頭都吃了？

斯烱對法海這樣的表現很失望，覺得他是個沒腦子，同時更是個沒心沒肺的人，便離開他轉身下山。這時，她耳邊響起了吳掌櫃最後的話，那嘶啞而又平靜的聲音在對她說，斯烱，去看看你的蘑菇圈吧。

她繞了一個彎，避開放羊的法海，鑽進了樹林，輕手輕腳，來到了她的蘑菇圈跟前。幾株櫟樹，幾叢高山柳之間，是一片濕漉漉的林中空地。曾經密密麻麻，採了又生，採了又生的蘑菇全都消失了。只有顏色變得黯淡的落葉，枯萎的秋草，顯出一種特別淒涼的情景。蘑菇們都被秋雨淋回地下，要明年的夏末秋初才肯露頭了。斯烱想，吳掌櫃叫我來看什麼呢？一定是他臨死前害怕得神智不清了。

但她隨即又否定了自己，今天早上吳掌櫃的樣子，是他潛回機村來後最鎮定自若的。斯烱不是一個腦子靈活的人，更不是個要強迫自己去想那些難以想清楚的事情的人。於是，她轉過身來，帶著一點失望的心情離開她的蘑菇圈。這時，她看見一隻狐狸隔著一叢柳樹探頭探腦地向她張望。等她走出了二、三十步，那隻狐狸就從柳樹叢後跳了出來，伏下身子在泥地上飛快地刨將進來，狐狸的頭埋進了浮土和枯枝敗葉中，斯烱只看到牠高高豎起的尾巴在眼前搖晃不休，看到被狐狸刨出來的泥巴與枯葉在尾巴周圍飛起又落下。

接著，她就聞到了肉的味道，帶血的生肉的味道。

這一刻，她明白了吳掌櫃那句話的意思。她衝上去，狐狸跑開。她從狐狸刨出的小洞中看見了一顆羊頭。這回，是那隻不甘心的狐狸隔著柳叢向她張望。她緊抓住兩隻羊角，口裡哼哼有聲，把一隻羊從地下拖了出來。那是用一張剝下的羊皮包裹著的缺了一條腿的羊。也就是說，這隻羊還有三條腿和一整個身子。而且，還是一隻肥羊。

斯烱先是吃驚，然後就笑了起來。

她知道自己不能現在就背負羊肉下山，她更知道，要是把羊肉留在山上，那這隻眼睛放光的狐狸什麼都不會給她剩下。於是，她重新把羊肉埋在浮土中，把身子坐在上面，緊盯著狐狸開始歌唱。

她唱當地的歌。那歌唱的是春天到來時，草原上有三種顏色的花朵要競相開放。藍色的花、紅色的花和金黃色的花錯雜開放，那就是春天來在人間，猶如天堂。

她又用漢語唱這些年流行開來的歌。社會主義好，社會主義好。毛主席呀派人來，雪山低頭向那彩雲把路開。雄赳赳氣昂昂跨過鴨綠江，保和平衛祖國就是保家鄉。她不知道，那些跨過鴨綠江的軍人早幾年就已經班師回朝了。

她一直唱到盯著她不明所以的狐狸從眼前消失了。

那一天，聞到肉味來到她跟前的還有一隻臭烘烘的獾、兩隻猞猁，和好幾隻烏鴉。那幾隻烏鴉是一齊飛來的，牠們停在櫟樹的橫枝上，呱呱叫個不停。那聲音讓斯烱感到害怕，但她還是堅持坐在掩藏著羊肉的浮土上一動不動。她看見，躺在高處草坡上睡覺的法海被這群烏鴉吵得不耐煩了，站起身來，又是揮動手臂，又是長聲吼叫，終於把那些烏鴉轟跑了。

斯烱想，這個和尚哥哥還是能幫上一點忙的。這樣的想法使她感到安慰和溫暖。

這樣的溫暖一直持續到她晚上把羊肉背回到家裡。

回到家時，法海不在，工作組要調查那隻羊是如何被吳掌櫃偷走的，他被叫去問話了。這使斯烱有足夠的時間把羊肉掛到房梁上，讓火塘裡的煙熏著。她有把握，法海和尚是不會抬頭往黑黝黝的房頂張望的。他總是低著頭，像是總是在看著自己的心。這個

蘑菇圈

燒火和尚總是以這樣的姿勢，在默誦他十幾年的寺廟生涯中習得的簡單的經文與偈咒。除此之外，這個家裡不會有人來。

本來，她想煮一塊羊肉，讓家裡每個人，母親、兒子還有哥哥和自己都喝上一碗香噴噴的羊湯，但她克制住了這樣的衝動。她知道，這樣做會讓哥哥感到害怕。而母親看著這一切，一言不發。自從她和法海回到這個家，他們的母親就像被夏天的雷電劈了，不關心身邊的事情，甚至也不再跟人說話。

忙完這一切，法海回來了。他端著手裡的蘑菇土豆和麵片三合一的湯，還說怪話，來世我不會變成一朵蘑菇吧。

斯烱說，沒聽說過有這樣的轉生啊。

法海說，蘑菇好啊，什麼也不想，就靜靜地待在柳樹陰涼下，也是一種自在啊！

斯烱笑了，哥哥的話讓她想起一朵朵蘑菇在樹陰下，圓滾滾的身子，那麼靜默卻那麼熱烈地散發著噴噴香的味道。

法海又說，明天，他們要找你問話呢。

斯烱說，人都死了，問就問吧。

幾天後，村子裡出來一張布告。說吳犯芝圃，身為剝削階級，仇視社會主義，逃離原籍，四處流竄，響應國際反華逆流，破壞集體經濟，被高度警惕的人民群眾捕獲後，畏罪自殺，罪有應得，遺臭萬年！那張布告跟那年頭流行的蓋了人民法院大印的布告不一樣，是用墨汁飽滿的毛筆寫下的，出自當年為斯烱的名字定下漢字寫法的工作組長劉元萱的手筆。

聽人念了，解釋了布告的意思，斯烱和機村人才知道吳掌櫃的全名，叫吳芝圃。

這個名字被機村人念叨了好幾年。那一年正好是十來歲的那批機村孩子，行夜路時互相嚇唬，就會用不準確的漢字發音發一聲喊，芝圃來了！

饑荒年過去了三、四年後，那批孩子自覺已經長大成人，不再玩這個看起來幼稚的遊戲。一批新的半大孩子，在村中呼嘯而來又呼嘯而去時，有了新發明出來恐嚇同伴的遊戲。他們時興的是，突然從一個隱蔽處竄到同伴身後，把一截木棍頂在人腰間，大喝一聲，繳槍不殺！這裡每月一次在村中廣場上演的露天電影的認真模仿。

這是他們從兩、三個月會來一次村裡的露天電影中學來的。

斯烱的兒子也快到上學的年紀了。斯烱的兒子長得比村裡別的同年孩子都白淨高大。在這群饑饉年出生的瘦弱孩子中特別顯眼。斯烱知道，都是吳掌櫃留下的那頭羊的功勞。

瞻巴學那些大孩子，把一截木棍頂在舅舅腰間，說，舉起手來，繳槍不殺！他不知道舅舅是前和尚，一個並不明白高深教理的堅定佛教徒，所以，他堅決不肯舉起手來。

沒有得到響應的侄兒便咧開嘴哭了。

斯烱把兒子攬到懷中，你早該知道舅舅是沒良心的人。

法海回擊，動不動想用槍指人，喊打喊殺，才是沒良心的人。

斯烱想說的是，家裡這個男人除了上山放羊，幾乎什麼也不會幹。但她不想把這樣傷人的話說出口來。她只是說，請家裡的兩個男人不要吵鬧，我們要吃晚飯了。

這已經是一九六五年了。

斯烱家的晚飯還是煮麵片。但這是真正的煮麵片。濃稠的湯，筋道的麵片，裡面有肉，還和著少許的白菜葉子。一碗吃得人身上發熱，兩碗下肚，斯烱面色潮紅，法海的光頭上已布滿粒粒汗珠。瞻巴笑起來，說舅舅的腦袋像早上院子裡的石頭。斯烱也笑了，她對哥哥說，這孩子怎麼想起來這麼一個比方。

舅舅把侄兒攬在懷中坐下，一本正經讚歎道，想得起奇妙比喻的腦袋是不一般的腦袋！

早晨，初秋時節，那些清冷的早上，院子裡光滑的石頭是確實會凝結滿一顆顆珠圓玉潤的露水，真還像極了法海和尚頭上那些亮晶晶的汗珠。

斯烱突然像個少女一樣咯咯地笑起來，傻兒子，石頭結露水時那麼冰涼，舅舅的汗是熱出來的！

法海打了一個嗝，復又讚歎道，呀，都是麥子香和油香，我身上的蘑菇和野菜味快沒有了。

斯烱說，要記住是蘑菇和野菜味讓我們挺過了荒年！斯烱又說，還有一隻羊。

法海念一聲阿彌陀佛，說，為什麼人只為活著也要犯下罪過。

也是因為哥哥這句話，第二天，斯烱瞅個空就上山去了。路上，看見可以充饑的野菜，想起都是那年吳掌櫃教她認識的。掌櫃穿著一樣一隻的鞋，指給她野薺菜，說這是吃莖的葉的，指著蕨說，這是要挖出根來取粉，混合了麥麵一起吃的。吳掌櫃年輕時，順著驛道吃著這些野菜逃荒到山裡來，後來成了驛道上的旅店掌櫃。斯烱記得，旅店前面的櫃檯上還擺放著些針頭線腦的小雜貨，櫃檯後還有一只酒罈子，裡面泡滿了從山野裡採來的草藥。掌櫃常常坐在櫃檯後面，舀一小碗酒，滋滋溜溜地喝著，滿臉紅光，目光明亮。第二次逃荒到山裡，就再也指望不上這樣的小光景了。

斯烱已經有幾年沒來看過這個蘑菇圈了。

新生的灌叢把她當年頻繁進入林中踏出的小路都封住了。她費了好大的勁，才鑽進了那塊小小的林中空地。陽光從高大櫟樹的縫隙間漏下來，斑斑點點地落在地上，照亮了那些蘑菇。蘑菇圈又擴大了一些，幾乎要將這塊林中空地全部占領了。一對松雞各自守著一隻蘑菇，從容地啄食。斯烱鑽進樹叢時，牠們停頓了一下，做出要奔跑起飛的姿態。

經過了饑荒年景的斯烱，見了吃東西的，不論是人還是獸，還是鳥，都心懷悲憫之情，她止住腳步，一邊往後退，一邊小聲說，慢慢吃，慢慢吃啊，我只是來看看。兩隻松雞昂著頭，紅色眼眶中的眼睛骨碌骨碌轉動一陣，好像是尋思明白了這個人說的話，又低頭去吸食蘑菇的傘蓋了。

看到蘑菇圈還在，松雞也安好，斯烱臉上帶著笑容走下山去。

就在下山的路上，她看到一輛卡車停在村前，人們正在從車上往下卸行李。這是撤走了幾年的工作組又進村來了。

這一回的工作組名叫四清工作組。

斯炯走到工作組的駐地去看熱鬧。看村裡靠新的工作組近的人把他們的行李搬進樓裡。當年，她在工作組幫忙時，村裡那些不進步的人就像她現在這樣，懶懶地倚在院牆上，看工作組和積極分子樓上樓下，院裡院外地進進出出。她不再是當年乾乾淨淨精精神神的樣子了。現在的她，臉上黯淡無光，身上的衣服有些骯髒，一雙套在腳上的靴子也鬆鬆垮垮。

當年把她的名字寫成斯炯的組長劉元萱還在，還是穿著前胸口袋插著枝鋼筆的舊軍裝。只是這位已經四進機村的幹部，這回已經不復以前的神氣了。這回指揮若定、自信滿滿的是一個瘦小女人。

這個瘦小女人站在那裡發號施令，劉元萱和別人一起進進出出樓上樓下地搬運行李。每一次，他都經過斯炯的面前，一副不認識斯炯的樣子。斯炯並不在意，她從來沒有讓他認出來的期待。但在第三次經過她面前的時候，他停下了步子，把左手提著的網兜摑到右手，又從右手上摑到左手。這樣摑來摑去的時候，網兜裡的搪瓷臉盆和搪瓷缸子搪瓷碗相互碰撞，發出叮叮噹噹的聲響。他想說句什麼話，但始終沒有說出來。斯炯看到他眼睛裡出現了愧疚的神情。他的鬢角上出現了稀疏的白髮。斯炯覺得，心臟被一隻看不見的手狠揪了一下。沒等他說出話來，斯炯就轉身離開了。

蘑菇圈

那時的工作組每天都跟社員一起下地勞動。那個身材瘦小的女人領著大家唱歌，休息時，又給大家讀《人民日報》上的文章。這在當年，都是劉組長的事情。現在，他和社員們一起坐在地邊，口裡嚼著草莖，神情茫然。

很多人都說，劉組長一定是犯了什麼錯誤了。

斯烱的想法卻不一樣。她想，這個人反倒可以休息一下了。不像那個女組長，把自己累得臉色蠟黃。

晚上開會，女組長講得慷慨激昂，誰都不知道她那瘦小的身體裡哪能儲存那麼多的能量。工作組把村裡的幹部都換過了一遍。晚上，或者不能下地的雨雪天，女工作組長還挨家挨戶地走訪。對斯烱的走訪，是一個下雪天。

她臉色蒼白，搖搖晃晃地出現在斯烱家的火塘邊。她彎著腰，把硬殼的筆記本頂在肚子上，半天開不了口。

斯烱抱出被子來，在她背後做成一個軟靠，在熱茶裡多兌了些奶，放在她面前，斯烱說，不要忙著說話，喝點熱茶。

那茶裡面加了比平常多三倍的奶。

組長喝完奶，閉上眼，臉色紅潤了一些，說，謝謝，我好多了。

斯烱依然說，不要說話。

她又單燒了一壺不加奶的茶，裡面加了兩塊乾薑，她倒了滿滿一碗，看著女組長把那碗茶也喝了。斯烱說，我想你是肚子不舒服，這回肚子不痛了吧？

組長臉色柔和多了。

她掏出一塊水果糖，剝掉上面的彩色玻璃紙，塞進斯烱兒子口中。看著孩子臉上浮現起幸福的表情，她問，孩子叫什麼名字？

膽巴。他舅舅起的。

女組長說，我想起來了，我們工作組的人說，起這個名字的人有文化，知道歷史上，呃，元朝的時候，就有一個膽巴碑。

組長打開了筆記本，神情也一下變得嚴肅了，膽巴的父親是誰？

斯烱溫暖的心房隨著這句問話一下變涼了。她緊緊閉上了嘴巴。

也許我不該這麼問，你有很多男人嗎？

斯烱搖搖頭，卻緊閉著嘴巴。

我也相信你並沒有交很多男人，那為什麼不知道他父親是誰？接下來，這個又來了精神的工作組長面對陷入沉默的斯烱說了很多話。中間，還穿插著姊妹，好姊妹，不覺悟的姊妹這種對斯烱的新稱謂。組長帶著因為奶茶與薑茶造成的紅潤表情失望地離開了。

斯烱卻不明白，身為工作組長，那麼多事情不管，卻拚命打問一個孩子的父親是誰。這個世界連一個孩子沒有父親這樣的不幸事情都不能容許了嗎？這個晚上的斯烱是多麼憂鬱啊！但是，那天晚上，她做了一個夢。她夢見了使她懷上膽巴的那件事，夢見了使她懷上膽巴的那個人。她醒來，渾身燥熱，乳房發脹。想到自己短暫開放的青春，她不禁微笑起來。微笑的時候，眼淚滑進了嘴角，她嘗到鹽的味道。她想到，這個時候，屋子外面的草、石頭，甚至通向村外的橋欄上，正在秋夜裡凝結白霜。那也是一種鹽，比鹽更漂亮的鹽。

她撫摸自己的臉，撫摸自己膨脹的乳房，感覺是摸到了時光凝結成的鋒利硌手的鹽。

工作組沒有像以往一樣，從村裡調一個青年積極分子到組裡，說是工作，其實是照顧他們的生活。像當年的斯烱一樣，挨家挨戶討牛奶、蔬菜。這一回的工作組自律太嚴，也許是因為這個嚴肅的女組長，也許是因為形勢更緊張了。

冬天，工作組仍然沒有撤走的意思，一個大雪天，臉色蠟黃的女組長又登門了。

蘑菇圈

這時母牛已經斷了奶，斯烔只給她燒了薑茶。

等她喝了茶，臉上起了紅潤的顏色，斯烔又把一只小陶罐煨在火邊，她想煮一塊豬肉給這個女組長。但她又掏出了筆記本。斯烔生氣了，她說，你又要問誰是膽巴的父親嗎？我不麻煩別人也能把他養大。

組長漲紅了臉。我只恨婦女姊妹如此蒙昧，任人擺布。

斯烔聽不懂這句話，她說，你覺得我是可憐人，我覺得你也是個可憐人。

組長冷笑。聽聽，這都是什麼話，是你的和尚哥哥教給你的吧。

斯烔後來挺後悔，當時怎麼就把準備煨一塊肉的罐子從火上撤掉了。

斯烔說，你可以問我別的問題。

組長說，有村民反映，盲流犯吳芝圃是你把他藏起來的。

他以前在這裡開店十幾年，不需要什麼人把他藏起來。

那就是說，你跟他沒有任何干係了。

我看他可憐，送了鹽給他。

不止是鹽吧？

他天天煮野菜和蘑菇，沒有鹽，也沒有油，臉都綠了。我還送了一點酥油給他。

哦，還有油，酥油。

可他也幫了我，他一樣一樣把可以吃的野菜指給我，把一樣一樣可以吃的蘑菇指給我，那一年，地裡顆粒無收，這救了我家人的命，也救了很多機村人的命。

等等，你說到蘑菇了。說是工作組教會了機村人吃蘑菇？說你天天挨家挨戶去收牛奶。

不是天天，就是十幾二十天，羊肚菌下來的時節。斯焖笑了，那可是工作組跟機村人學的。

你拿牛奶付錢嗎？

有時付。

有時付是什麼意思？

有時工作組每個人翻遍了衣兜，也沒有一分錢。

後來還了嗎？

有時還，有時也忘記了。

好，很好。再說說蘑菇的事吧。

其他蘑菇的吃法，真是工作隊帶給我們的。油煎蘑菇、罐頭燒蘑菇、素炒蘑菇、蘑菇麵片湯。說到這裡，蘑菇這個詞的魔力開始顯現，斯烱臉上浮現出了笑容。組長那嚴厲的臉也鬆弛下來，現出了神往之情。她乾枯的嘴唇蠕動著，輕聲說，還有烤蘑菇。

斯烱笑了，不，不，那是機村人以前就會的。那就是以前的小孩子們，從家裡帶一點鹽，在野外生一堆火，在蘑菇上洒點細鹽，烤了，吃著玩。

不是說，以前機村人不認識蘑菇，也不懂得吃蘑菇。

哦，只是不認得那麼多，也不懂得那麼多的吃法。

組長問了這樣一個奇怪的問題，你說吃蘑菇好還是不好？

斯烱想起前工作組對這個問題的表述，移風易俗，資源利用。於是說，好，很好。

聽說你那時滿山給工作組找最美味的蘑菇。

是啊，蘑菇真要分好吃和不好吃，羊肚菌、松茸、鵝蛋菌、珊瑚菌、馬耳朵都是好吃的菌子。

組長冷笑起來，原來你在工作組工作就是採菌子去了。

斯烱以為她還要問自己上民族幹部學校的事情，但組長已經合上了本子站起身來。

走到院子裡，組長摔倒了。她躺在地上，滿臉的虛汗。但她推開了斯烱拉她的手，說，我自己能起來。

斯烱見她一時爬不起來，又不要自己拉她，便回到屋子裡，取來一串乾蘑菇。組長已經站起來了，正仔細地拍去身上的塵土與草屑。斯烱把那串蘑菇塞到她手上，說，弄一點肉，煮一點湯。

組長生氣了，把那串蘑菇掛在斯烱脖子上。那串乾巴巴的蘑菇懸掛在她胸前，像一串項鍊。組長冷笑，說，這串項鍊並不好看。

斯烱也生氣了，她說，你要是好幹部，就讓我們這些老百姓能戴上漂亮的項鍊。

組長的臉更加蠟黃了，她抬起的手抖索個不停，嘴裡卻說不出話來。最後，一口鮮血從組長兩片乾澀而菲薄的嘴唇間冒了出來。斯烱被嚇壞了。組長抹一把嘴，看到手上的鮮血時，身子就軟下去，昏倒在了斯烱腳前。斯烱背上她，一口氣跑到工作組的樓前，開始大聲哭喊。然後，自己也嚇暈過去了。

她醒過來的時候，先看見一盞昏黃馬燈在頭頂搖晃，然後才看見了工作組劉副組長俯看著她。

她問，這是在哪裡？

車上，去縣裡的醫院。

斯烱說，請告訴我哥哥，帶好我的兒子。告訴他我回不去了。

劉副組長握住她的手，斯烱啊，你受苦了。

斯烱掙脫了手，我有罪，我把組長氣得吐血了。

劉副組長眼光轉到別處。順著他的目光，斯烱看到了女組長的蒼白瘦削的臉。因為沒有肉沒有血色而顯得特別無情的臉。

劉副組長嘆口氣，說，那就得看她醒來怎麼說了。

斯烱更加害怕，掙扎著要起來，要從行駛的卡車上跳下去。劉副組長說，真有什麼事情的話，逃跑有什麼用？你能比吳芝圃跑得還遠？

這一來，絕望的斯烱又暈過去了。

再次醒來，她已經躺在醫院裡了。不是在病房，而是在醫院的走廊裡。她動了動身子，床就吱吱作響。身邊，穿著白大褂的人來來去去，從她床頭旁的門裡進進出出。她閉上眼睛，感覺有什麼冰涼的東西正從手臂上進入體內，使得她手腳冰涼。她想，也許，什麼時候，自己就被凍住，變成一塊冰，死去了。於是，她緊緊閉上了雙眼。但她真的沒有再暈過去，也睡不著。而且，到了下半夜，她感到了飢餓。於是，斯烱哭了起來。

她不敢放縱自己，只是低聲飲泣。因可憐自己而低聲飲泣，所以，沒有人聽見。那

蘑菇圈

時，醫生護士已經不再頻繁進出自己頭頂旁邊左拐的那個房間了。長長的走廊燈光昏黃，乾淨的水泥地閃閃發光。斯烔聽法海哥哥描繪過靈魂去往佛國的路，就是一條長長的充滿光的通道。斯烔想，這就是自己的靈魂在往佛國去了。突然，她又意識到，靈魂去往佛國時，怎麼會想到自己是在靈魂往佛國去？這下，她真正清醒了。

她一下翻身從病床上起來，把扎在手背上輸液的針頭也扯掉了。她看見一粒血從針眼處冒出來，越來越飽滿，在這粒血炸裂之前，她把手湊到嘴邊，吸吮掉了。她起身走到床頭邊那道門前，並沒有注意到有第二滴血又從針眼裡冒出來。那道用紅色寫著三十二號的白門上有一塊玻璃，當她手上的血滴在地上時，她正隔著玻璃門向裡面張望。屋子裡沒有燈，但隱約可見裡面的床上躺著一個人。

突然，屋裡燈亮了。

是床上那個人伸手打開了床頭上的一盞燈。

燈光照亮的是女組長的臉。這張臉，在白色的枕頭和白色的床單中間，蒼白，鬆弛，而又寧靜。這情景讓斯烔感動得又哭了起來。

組長抬手招她進去。

斯烔站在組長床前哭得稀里嘩啦。

組長用她從來沒有聽到過的輕柔的聲音說，斯烔，你不要害怕。
我不是害怕，你那麼漂亮，又那麼可憐。
組長臉上的神情又在往嚴厲那邊變化了，斯烔趕緊辯解，我不是說你真的可憐，我的意思，我的意思是……
組長的表情又變回到可親可憐的狀態了，她笑了笑，說我明白你的意思，我的母親也是一個佛教徒。只有佛教徒才會不知道自己可憐而去可憐別人。
斯烔低下頭，捧住組長的手，哭了起來，我不該讓你生氣。
組長當然不承認是生氣而吐了血，她說，不怪你，醫生的診斷結果出來了：肺結核，營養不良，超負荷工作，在你們村染上了肺結核。她抽回手，頭重新靠上了枕頭。也許，上面會讓我回老家去養病了。這時，她看到了斯烔手上的血，她遞給斯烔一團藥棉，讓她摁在手背上。組長說，你回去吧，我一時半會兒不會回村裡來了。
斯烔眼裡流露出依依不捨的神情，不肯離開。
組長說，那你坐下吧。
斯烔就在床前的椅子上坐下了。
多少年過去了，斯烔也會在心裡說，那是她這一輩子過過的最美好的一個夜晚。在那幾乎一切東西都是白色的病房中，組長的一張臉浮現出夢幻般的笑容，她的黑眼睛和黑頭髮在燈下閃閃發光，她柔聲說，我不該那樣說你，我知道你是要送我一串蘑菇。我知道，機村人數你最會採蘑菇，給我說說蘑菇圈是怎麼回事吧。蘑菇真的在林子裡站成跳舞一樣的圓圈？

斯烱笑了。

斯烱說，蘑菇圈其實不是一朵朵蘑菇站成跳舞一樣的圓圈。蘑菇圈其實就是很多蘑菇密密麻麻生長在一起。採了又長出來，採了又長出來，整個蘑菇季都這樣生生不息。而且，斯烱說，本來以為今年採了，就沒有了，結果，明年，它們又在老地方出現了。

組長笑了，是的，孢子和菌絲，永遠都埋在那些腐植土裡，生生不息。

斯烱說，幾年不採，它們就越來越多，圈子也越來越大，好多都跑到圈子外面去了。

斯烱又說，明年蘑菇季，我給你採最新鮮的蘑菇，你帶著本子到我家來問話，我給你做最新鮮的蘑菇，牛奶煮的，酥油煎的，你想問什麼話我都告訴你。

組長搖搖頭，閉上眼，啞聲說，醫生說，我的肺都爛了，爛出了一個洞。明年你的蘑菇圈再長出蘑菇的時候，我說不定都死了。

面對如此情形，斯烱就說不出什麼話來了。她就那樣木呆呆地靜坐在組長床前。過了很久，組長又睜開眼睛。你放心回去吧，我不會再來打擾你了，不會再來問你那些你不想回答的問題了。

斯烱走出醫院時，天正是黎明時分。柳樹梢頭凝著晶晶亮的霜，河面上流著嚓嚓作響的冰。

從縣城回機村的路真長。她從黎明走到黃昏，灰白的路還在腳下延伸，風吹動樹林，發出尖利的哨聲。餓得難受時，她從溪邊上取一塊冰，含在嘴裡。冰不能飽肚子，但那銳利的冰涼卻能使她清醒一些。半夜時分，她走到村子邊上，全村的狗都叫起來。她看見一個人穿著厚皮袍，站在橋頭上。那個人打開手電筒，照向斯烱的臉。然後，從耀眼的光柱後面傳來了一個男人的哭聲。她沒有聽出來那是法海哥哥，因為她從來沒有聽過他的哭。直到他說，你要是不回來，教我怎麼能照顧阿媽和膽巴啊！

斯烱這才問，你是法海嗎？

我是沒有用的法海，沒有你，我們一家人該怎麼過活？

從昨天離家開始，斯烱已經很長時間沒有吃過一點東西了。她扶著橋欄說，我走不動了，你回家去取點吃的來吧，我吃了才有力氣走到家去。

法海真的就轉身往家跑。

跑開一段，他又轉身回來，說，我這個笨蛋，我這個笨蛋！他在妹妹身前蹲下，聽妹妹吁一口長氣，身子軟軟地靠在他背上，他才猛然起身，把妹妹背回了家裡。

斯烱在哥哥背上哭了，又笑了。

斯烱記得，那天晚上，哥哥給她吃了多少東西啊！他總是搓著手說，再吃一點吧，再吃一點吧。後來，斯烱實在是一點也吃不下了，才讓哥哥扶著到了兒子床邊，一頭栽下去，摟著兒子就睡著了。

斯烱不知道這一覺自己睡了多久，當她睜眼醒來時，她知道，自己肯定不止睡了一個晚上。她一睜眼，站在床前的兒子就跑開了，喊道，阿媽醒了，舅舅，阿媽醒了！

法海趕緊過來，告訴她，工作組長要見你，原先的那個劉組長。

斯烱梳頭洗臉，完了，卻坐下來喝茶。

法海很吃驚，你不去見工作組嗎？

斯烱說，你想去，就替我去吧。

我去了說什麼？

你想說什麼就說什麼。

我沒有什麼要說的。

那你就說，我家斯烱想離他們遠一點。

法海後來真把這話對劉元萱組長說了。某天，他趕羊上山時，恢復了工作組長身分的劉元萱出現在路口上，他說，怎麼，我不是叫你轉告你妹，我有事情要跟她交代嗎？

法海說，我家斯烱說，你們工作組請離她遠一點。

劉組長吃了一驚，我沒有聽錯吧？她真這麼說了？

佛祖在上，她真這麼說了。

劉元萱重新當上組長，一改很久以來的倒楣樣，重又變得像當年一樣意氣風發。所以，他大度地說，她是讓那個女人弄害怕了，今天不來，明天會來的。

但斯烱始終沒有在工作組面前出現。甚至在村中行走時，也故意不經過工作組在的那座樓房了。

春天到來的時候，機村經歷有史以來前所未有的大旱。天上久不下雨，村裡引水灌溉的溪流也乾涸了。溪流乾涸，是機村人聞所未聞的事情，可這不可思量的情形就是出現了。道路也簡單，山上的原始森林被森林工業局的工人幾乎砍伐殆盡，剩下的被一場大火燒了個精光。

那天，斯烱去泉邊背水。在乾旱弄得莊稼枯萎、土地冒煙的時候，這片藏在林子裡，從幾棵老柏樹下汩汩而出的清泉使得這一小方天地濕潤而清涼。斯烱把水桶放在檯子上，躬身一瓢瓢把清冽的泉水舀進桶裡。她動作很輕，不想弄亂了那一氹水中倒映著的樹影與藍天。她突然感到害怕，饑荒又要降臨這個山村了嗎？而且，這一回，不止是地裡莊稼欠收，大地失去了水的滋養，野菜，特別是喜歡潮潤的蘑菇也難以生長。這時的斯烱作出一個決定，她要去用水澆灌她的蘑菇圈，讓蘑菇生長。

但是，第一次嘗試就失敗了。

從泉眼到林子中她的蘑菇圈，沒有成形的路，等她滿頭大汗到達目的地，泉水早就從沒有蓋的背水桶中潑灑殆盡了。

斯烱央告木匠為她的背水桶加一個蓋子。木匠驚詫地瞪大了眼睛，呀呀呀，斯烱啊！從古到今，誰見過背水桶加過蓋子啊！我可不敢亂了祖傳的規矩。不久，斯烱要替背水桶加蓋的消息，成為一個笑話在村裡迅速流傳。

有些人甚至在斯烱背水回家的路上，攔住她問，斯烱不會背水了嗎？斯烱會因為背水桶沒有蓋子，把水都潑灑到路上嗎？

幾天後的早上，太陽剛剛升起，天上沒有一絲雲彩，空氣中充滿了嗆人的塵土味道，有人攔住斯烱又提起要給背水桶加蓋子的話，以博大家一笑，這回，斯烱停下了腳步，她說，我是要給背水桶加上蓋子呢，我怕有一天，水還沒有背回家，就都被太陽晒乾了。

那些年，人心變壞了，人們總是去取笑比自己更無助的人。所以，斯烱這樣的人總是成為村人們笑話的對象。但是這一天，當斯烱說出了這句話，那些人再也發不出笑聲。說完這句話，斯烱背著水走過那些可憐人，留下這些逞口舌之快的人在那裡回味她這句話，想想自己的生活，為她這句話感到害怕。

時間回去十幾年，不到二十年，是機村的土司時代。機村的老年人和中年人，都從那個時代生活過來，他們知道，在那個時代，如果有人像斯烱一樣先是有了給水桶加蓋般的荒唐新奇的想法，繼而又說出有詛咒意味的話，那她就成了一個邪惡的女巫。舊時代的人和新時代的人有一樣其實相當一致，就是相信現實中的災難是因為一些災難性的話語所造成。土司時代，斯烱會被土司派遣來的喇嘛宣布邪祟附身，而從人間消失。今天，那些被她這話震驚的人們趕緊把情況彙報到工作組。

那一天，工作組剛收到氣象局對天氣諮詢的復函。一、限於條件，氣象局無法提供超過半個月的長程天氣預報；二、可以預見到的半個月內，機村所在地區依然不會有降水。

這邊正一籌莫展，村民們又來報告斯烱說的話。

當即有人拍案而起，要把這個惡毒的女人抓起來。

剛剛復任了工作組長的劉元萱這回卻冷靜，他說，跟土司時代一樣，宣布她是女巫，趕到河裡淹死，天上就會下雨嗎？

說完，他就背著手去了河邊。河邊就在村莊下方，在莊稼地下方二、三十米的河岸下滔滔流著，但沒有提灌設備，水上不到高處。劉元萱又去到機村的泉眼，也許可以用水渠把泉水引來澆灌土地。這個時候，他有點責備自己的官僚主義了。算上這一回，他已經在機村工作了五年有餘，喝了那麼多機村的甜泉水，卻沒有到泉眼處來看過一眼。進到那圈圍著泉眼的柏樹叢中後，地面潮濕了，空中也瀰漫著水氣。

劉元萱在這裡碰見了斯烱。

斯烱剛剛盛滿了水桶，正用東西封住沒蓋的桶口。她用來封閉桶口的是一張已經被水泡軟的羊皮。她用那羊皮蓋住了桶口後，又用細繩緊緊地紮住，拴牢。劉元萱組長突然開口說話，嚇得她驚叫一聲從水桶旁跳開了。

還是劉組長伸手扶住了水桶，說，這樣子水就不會被太陽晒乾了？

斯烱捂住胸口，出口長氣，一屁股坐在地上，不再說話。

劉組長放緩了聲音，以後不要再說這種沒頭沒腦的話。

斯烱悶在那裡，勾著頭一言不發。

劉組長又說，你不要害怕，那個女人不會回來了，不會再有人追著你問問題了。

斯烱突然抬頭，說，都是可憐的女人，我不怕她，我喜歡她。

劉組長不高興了，她連命保得住保不住都不知道，不管你喜不喜歡，這女人都不會再回來，我又是工作組長了。他見斯烱又不說話了，便撥弄著蒙在水桶上的羊皮。前些年缺糧，你存野菜，存蘑菇，今年天不下雨了，你老來背水，是要在家裡存滿水嗎？

斯烱提高了嗓門，你不是愛吃各種蘑菇嗎？天旱得連林子裡的蘑菇都長不出來了。

劉元萱換了組長的口吻，困難總是會過去的，你要對黨有信心。

這些日子，斯烱覺得自己開始在明明白白活著了，所以才能說出那種讓全村人情感激蕩的話。可眼下，又被這個人的話弄糊塗了，天下不下雨，跟共產黨有什麼關係，跟信心有什麼關係？

說這種話的人真是可恨的人，但斯烱早就決定不恨什麼人了。一個沒有當成幹部的女人，一個兒子沒有父親的女人，再要恨上什麼人，那她在這個世上真就沒有活路了。

劉組長又說，你也是苦出身，有什麼困難可以找組織嘛。

斯烱背上了水桶，直起身，說，我不會來找你的。然後，就轉上了山道。

劉組長看著她的背影消失在林中，搖搖頭，釋然一笑，轉身便把圍著泉眼下方擋著的木頭擋板拔了，把那一氹水放得一乾二淨。為的是看清楚泉眼出水處有多大的流量。他看清楚了，不過是筷子粗細的三、四股水從石頭縫中湧出。他本來打算要開一條水渠，把泉水引去澆灌莊稼，但這水量也太小了，不等流到地裡，真就像斯烱說的，不等流到地裡就被太陽晒乾了。

這回，輪到失望之極的劉組長垂頭坐在了泉眼邊。

而此時的斯烱正背著水桶往山上爬。山坡陡峭難行，但她很喜歡聽到背上桶裡水翻騰激蕩時發出的好聽的聲音。她一邊往山上爬，一邊在心裡排列這個世界上好聽的聲音，排在第一的就是水波的激蕩聲。一隻鳥停在樹枝上叫個不停，她抬起頭來，說，你的聲音也是好聽的聲音。這幾天，那隻畫眉鳥跟她已經很熟悉了，每天都飛在這叢柳樹上來等她。她知道，轉過這個柳叢，就是那群櫟樹包圍著的蘑菇圈了。這鳥牠是來等水喝的。

斯烱到了蘑菇圈中，放下了水桶，一瓢又一瓢把水灑向空中，聽到水嘩一聲升上天，又撲簌簌降落下來，落在樹葉上，落在草上，石頭上，泥土上，那聲音真是好聽的聲音。灑完水，斯烱便靠著樹坐下來，懷裡抱著水桶，聽水滲進泥土的聲音，聽樹葉和草貪婪吮吸的聲音。她特意在桶裡剩一點水，倒在八角蓮那掌形的葉片中間，那隻鳥就從枝頭上跳下來，伸出牠的尖喙去飲水。看到鳥張開尖喙，露出裡面那長長的善於歌唱的舌頭，她禁不住露出笑容。

那些烈日當頭的乾旱天氣裡，不管是工作組還是村幹部，再要催動眼看收成無望的村民參加集體勞作成了一件非常困難的事情。

男人們偷偷潛進山林打獵，女人們採挖野菜。只有斯烱的法海哥哥還得每天把羊趕到有水有草的地方。而斯烱每天兩次背水，悄悄去澆灌她的蘑菇圈。八月的一天，斯烱剛背水到林邊，她就知道，蘑菇出土了。因為那熟悉的好聞的蘑菇氣息已經鑽進了她的鼻腔。

那天，她澆完了水，便半跪在山坡上，把一朵一朵剛剛探頭的蘑菇細心採下來，直到牽起的圍裙裝得滿滿當當。她心滿意足地站在林邊，看見吸飽了水分的土地，正在向她奉獻，更多的蘑菇正在破土而出。那隻鳥跳下枝頭，啄食一朵蘑菇。斯烱對牠說，鳥啊，吃吧，吃吧。

那鳥索性跳到蘑菇頂上，爪子緊抓著菌蓋，頭向下一口口盡情啄食。

斯烱又說，吃吧，吃吧，可不敢告訴更多的鳥啊！

鳥停下來，歪頭看著斯烱，靈活的眼球骨碌碌轉動。

晚上，斯烱把一朵朵蘑菇切成片，用酥油一片片煎了。香氣四溢的時候，她想，這麼好聞的味道，全村人一定都聞到了。飯後，本來她是想請哥哥法海幫她做一件事的，但天一黑下來，哥哥就急著要出門。他已經和村裡一個斯烱一樣的女人好上來，天一黑，心就不在自己家的房子裡了。

所以，天一黑，等家裡破戒和尚出了門，斯烱把剩下的蘑菇兜在圍裙裡，帶著兒子膽巴出門了。每到一家人院門前，斯烱就取幾朵蘑菇放到膽巴手上，讓他穿過院子放在人家門口。膽巴把蘑菇放在人家門口石階上，再敲敲別人家的門。膽巴人小，敲門聲卻很響。等到人家聞聲開門時，母子倆已經走到下一家人的門口了。那個夜晚，斯烱帶著兒子走遍了全村。在法海天天去過夜的那一家，母子倆偷藏在牆角，看那女人衣衫不整地出來，看見門前的蘑菇，發出了驚喜的聲音。母子倆還看見法海光著和尚頭也出現在門口，看見蘑菇，趕緊便把那女人拉進了屋子。

膽巴搖著斯烱的手，說，我看見舅舅了，法海舅舅！

斯烱憋著笑聲，已經憋得喘不上氣來了。

最後，是工作組的那幢房子。

連膽巴都知道人們把天乾不雨的賬也算在折騰人的工作組頭上，所以不肯把蘑菇送進院裡。斯烱就把最後幾朵蘑菇放在了院牆上面。

斯烱對兒子說，那個人愛吃這個東西。

膽巴說，我不知道你說的那個人是誰？

他說你的名字有文化。

兒子說，我也不知道什麼是文化。

斯烱說，那你就住嘴吧。後來，她又說，吳掌櫃教會我認野菜，工作組教會我做蘑菇。

兒子真的就不再開口，不再理會她。

斯烱第三回把採來的新鮮蘑菇悄悄送到各家門口，回來的時候，發現自己家的門口石階上也有一樣東西。那是一塊新鮮的鹿肉。

接下來，門口又悄然出現了野豬肉和麂子肉。

大家都心知肚明，是誰往他們家門口送去四回蘑菇。斯烱也知道，是村裡哪家會打獵的人上山打獵，偷偷送來了鹿肉野豬肉和麂子肉。在那個燉了野豬肉吃的晚上，斯烱對膽巴說，鄰居的好，你可是要記住啊！那時，村民們幾乎都知道了這些蘑菇是斯烱背水上山養出來的。吃了她用水澆灌出來的蘑菇，人們才知道她要給水桶加蓋的用意了。

木匠自己帶了尺子上門來，斯烱啊，把你的水桶給我量量尺寸吧。

斯烱心裡的怨氣上來了，水桶加了蓋子，就像馬生了角了。

木匠說，是我說的糊塗話呀，老腦筋哪想得到會做給蘑菇餵水的人哪！

斯烱嘆口氣，大叔呀，不必了，蘑菇季都過去了。

木匠說，明年還要用呀！

斯烱說，好心的大叔，可不敢這麼去想！明年再這樣，幾朵蘑菇也救不了人了！

一句話，那時，機村人在背地裡都叫斯烱是養蘑菇的人。

一天晚上，斯烱家門口又出現了一塊肉。斯烱沒有架鍋生火，而是對法海說，拿著這塊肉，去看她吧。

法海臉都笑開了花，說，妹妹你都不知道她那兩個孩子有多饞！

早上，法海回來，斯烱問了他一句話，你也是男人，也可以上山去打獵啊！

法海卻一臉認真地說，那怎麼可以，我是和尚啊！

斯烱就笑了，她心想和尚也不該要女人啊，然後，她又哭了。

日子就這麼過去了。

四清運動還沒有結束，文化大革命又來了。

工作組還待在機村，卻很是無所事事了。聽說州裡、縣裡，都有造反派起來鬥爭領導。那一陣子，工作組得不到新指示，不知道怎麼開展工作了。

劉元萱組長日子難過，便披了大衣在村子裡漫無目的地走動。不喜歡他的人就說，這人怎麼像隻找不到骨頭的狗一樣啊。

村子不大，他在村裡帶著不安四處走動時，難免要和斯烱碰見。

第一回，他說，哦哦，知不知道人們都叫你是養蘑菇的女人啊。

斯烱沒有說話。

第二次碰見，正好膽巴跟著媽媽一道，劉元萱就蹲下來，孩子該上學了。但村裡那個小學校的老師都進縣城運動去了。

斯烱還是沒有說話。

第三次碰見，劉元萱都瘦了一圈，他臉上露出悲戚的神情，斯烱啊，我想我該走了，這一走，這輩子怕是見不著了。

斯烱跟他錯身而過時說，你還會來的，每一回你走了，都回來了。

劉元萱在她身後說，形勢變了，形勢變了。我趕不上趟了呀！

這一天，村裡幾個在外面上中學的紅衛兵回來了。他們是開著卡車回來的。不止他們自己回來，他們還帶來了更多的紅衛兵。他們做的第一件事情就是衝進工作組那幢房子，把機村最大的當權派劉元萱揪下樓來。據說，劉元萱當時已經收拾好東西，背上背包準備下樓了。那個夜晚，村裡的小廣場上燃起了大堆篝火，由紅衛兵開起了劉元萱的批鬥大會。機村人真是恨這個劉元萱的，施肥過多使得莊稼不能成熟而造成第一次饑荒。劉元萱深深地低下頭，以致紙糊的高帽子幾次落在地上。說到去年天旱，又使機村陷入顆粒無收情形時，他卻抬起頭來，說，這個賬不能算在自己頭上，天不下雨他沒有辦法，森林工業局砍伐光了山上的樹林，使得溪流乾涸的責任也不在他。這種態度使從縣城來的紅衛兵憤怒不已，當晚，劉元萱就被打斷了一條腿和兩條肋骨。

當天晚上，這群紅衛兵又把劉元萱扔上卡車，呼嘯而去。

這一去，就再也沒有了消息。

兩年後，那些意氣風發的紅衛兵卻灰頭土臉地回到了村子，回來接受貧下中農再教育，當社會主義新農村的新農民了。

其中一個改了名字叫衛東的，成了村裡小學校的民辦老師。

關閉了三年的小學校又敲起了鐘聲。瞻巴和村裡孩子都上學了。

瞻巴第一天上學回來就拿一塊木炭在家裡牆壁上四處書寫，毛主席萬歲！他還會用據說是英語的話說這句話，朗裡無乞兒賣毛！

法海對此發表評論，毛主席是大活佛。一次又一次轉世，要轉夠一萬年呢。

瞻巴對舅舅大叫，我要告你！

舅舅當即嚇得臉色蒼白，我以後不敢亂說亂動了。

瞻巴舉起印了毛主席像的寫字板，向毛主席保證！

法海說，我保證。

發生這事的時候，斯烱不在家。她沒有去背水，也沒有去看她的蘑菇圈，她是被鄰居家的女人叫走了。那女人採回來很多水芹菜，怕裡面混有毒草，把人吃出毛病，請她去幫忙辨認。

斯烱帶著一把水芹菜回來，發現法海把瞻巴灌醉了。前兩天，他在放羊時，從一個樹洞裡掏到一個小小的野蜂巢。正是滿山毛茛和金蓮花盛開的季節，蜂巢裡自然盛滿了黃澄澄的蜂蜜。法海很珍惜這點蜂蜜，不珍惜不行啊。這時母親已經去世兩年了。但他這點甜蜜，想給妹妹，想給侄兒，又想給相好的寡婦和那兩個總是吃不飽的孩子。所以，他把那帶蜜的蜂巢藏了兩天，也不知道該拿出來給誰。

但這一回，他知道自己說了不該說的話。他想讓膽巴迅速忘掉自己說過的話，只好拿出了蜂蜜，找出了家裡的酒。他不喝酒，家裡是斯烱有時會喝上幾口。他把蜂蜜擠到碗中，又調上了酒。膽巴很快就被蜜裡的酒醉倒了。

法海想，等膽巴醒來，肯定就會忘記他說過的話了。

斯烱進了家門，便聞到酒香和蜂蜜香，她盯著法海，你這個和尚，怎麼喝酒了。

法海搖搖頭，眼睛卻看著酣睡的膽巴。

斯烱便搖晃著撕扯著哥哥的身體，你哪裡像個和尚啊！

十多年後，一九八二年，法海又回到了重建的寶勝寺當起了和尚。

膽巴從州裡的財貿學校畢業，當了縣商業局的會計。每次買了酒、買了糖果回家看媽媽，斯烱留下酒，讓膽巴帶上糖，去廟裡看看你舅舅吧。

蘑菇圈

瞻巴就去廟裡看舅舅。

舅舅吃了糖，甜蜜得眼睛瞇成一條縫。那時，大殿裡正在誦經，鼓聲咚咚，眾多喇嘛的誦經聲匯成一片，在那些赭紅牆壁的建築間迴盪。瞻巴問舅舅怎麼不去參加法事。

法海用頭碰碰小佛龕裡的佛像，我老了，修不成個什麼了。

法海其實就是在廟宇旁自己蓋了兩間房子，一日三餐之外，隨著寺院的節奏，誦經禮佛而已。他自己都不知道自己究竟算不算寺裡的正式喇嘛。不過，他的小屋潔淨而光亮。他赤著腳在擦得乾乾淨淨的地板上走來走去。瞻巴拿出了一本沉重的書，那是一本碑帖的拓片彙編。瞻巴把沉甸甸的書打開了給舅舅看，你給我起的名字真的寫在這書裡呢。

然後，他把碑文用漢文一字一字念給舅舅聽，師所生之地曰突甘斯旦麻，童子出家，事聖師綽理哲哇為弟子，受名瞻巴。梵言瞻巴，華言微妙。

舅舅就俯身下去，用碰觸佛像的姿勢碰觸碑文。

這時，屋子裡光線一暗，是寺裡胖活佛和他的隨從的身子堵在門口，遮斷了光線。

法海趕緊起身，又用額頭去碰活佛的身體。

活佛進來了，氣喘吁吁地坐下，對瞻巴一欠身子，官家的人來了，貧僧有失遠迎啊。

瞻巴笑了，舅舅替我起的名字，這個名字，七百年前就寫在元朝的碑文上了，是那時帝師的名字啊！

活佛並不懂得歷史學，也不懂得崇奉藏傳佛教的元代宮廷中的事情，也不識得漢字，但還是對著攤在地板上的書讚歎，功德殊勝，功德殊勝啊！然後，活佛轉眼示意隨從開口說話。

那侍從躬躬身子，活佛請施主參觀一下寺院。

瞻巴心想，轉眼之間，自己的稱謂已從官家變成施主了。寺院的建築都是這三、四年間新修的。大殿、護法神殿、活佛寢宮、時輪金剛學院。以前的醫學院和上密院還是一片廢墟。參觀完畢，活佛回去休息。侍從送瞻巴回法海房裡。瞻巴說，你們一定有什麼事情吧。

活佛的侍從說出了要求，希望幫寺院解決一些橡膠水管，把山泉水引到寺院裡來。再建一個水泥的池子，就不用和尚們天天上山取水了。

瞻巴聽了，心裡為難，但他沒說商業局並不管橡膠水管。他只說，那我試試看能不能幫到你們。

那時，縣裡的各種機構已經很多了，商業局管很多東西，恰恰橡膠水管是生產資料，由物資局管，由水電局農業局管。這讓膽巴這個剛剛工作不久的商業局會計就作了難。一拖兩月，事情還沒有眉目，讓他寢食難安。

事有湊巧，一天，單位裡突然騷動起來，人人都很激動，說縣委縣政府派了人來考察年輕幹部。縣裡其實就來了三個人，組織部長、辦公室主任和工會主席。他們占了局長辦公室，一個個找人談話。膽巴也接到通知，待在辦公室，哪裡都不要去，等人來叫。從早上到中午，到下午下班，好多人都去談過話了。卻還沒有人來叫他。他是晚上九點才走進局長辦公室的。

別人怎麼談的，他不知道。他的談話完全是閒聊。

主談的是辦公室主任，他把一個卷宗攤開在膝蓋上，第一句話就是，你是機村的人？

是。

你叫膽巴？

我叫膽巴。

你知道嗎？通常膽巴這個名字，都寫成旦巴，元旦的旦，而不是膽子的膽。

是，跟我一樣名字的人都寫元旦的旦。

你知道這是為什麼？

我不知道，我阿媽斯烱說，是那時的工作組長讓這麼寫的。

這個寫法有來歷，元代時就這麼寫了，元代有一個喇嘛帝師也叫這個名字你知道嗎？

我知道，我專門請縣文化館的老師幫我弄了一本膽巴碑帖。

年輕人不錯，學財貿的，還能讀碑帖。然後，側身問組織部長和工會主席，兩位還有什麼話要問嗎？

兩位說，劉主任你是主談，你說。

劉主任有點激動了，他說，膽巴呀，我就是那個把你名字寫成這樣的工作組長，你不認識我了。

膽巴卻不知怎麼就語塞，不知道怎麼回應這句話。

工會主席見了，說，膽巴呀，還不謝謝劉主任，名字別具一格，人也要別具一格呀！中央精神，幹部要知識化年輕化，自己要有進步的心啊！

膽巴還是語塞，我聽阿媽和舅舅說過工作組的事，但那時我還小，記不得了。

劉主任感嘆，你那舅舅可把你阿媽斯烱害苦了。他合上卷宗，站起來拍拍膽巴的肩膀，不要緊張，有什麼事情來縣委找我。他還把膽巴送到走廊裡，什麼時候回村裡，問候你阿媽斯烱。記得給我帶些蘑菇來，你阿媽是機村最知道蘑菇長在哪裡的人！

劉主任又把手放在膽巴肩膀上，記得有事來找我！

不幾天，局裡就傳開消息，膽巴要提升為商業局副局長。

聽了這消息，膽巴就覺得該去看望一下在機村待過的劉主任。他先回了村子，把遇到以前工作組劉組長的事說給阿媽斯烱聽。

阿媽斯烱時常神情迷離。這時又顯得目光游移，沉默半晌，說，這個人還記得我們山裡的蘑菇味啊。

膽巴說，他要我送些蘑菇給他。

膽巴沒有說自己可能會被提升副局長的傳言，只說舅舅掛單的寶勝寺讓他弄橡皮水管的事，說為這件事情得去求這位劉主任幫忙。

阿媽斯烱又一次眼神迷離，你舅舅，你舅舅。

膽巴早早睡了，他要起個早，把該男人幹的事情都幫阿媽幹了。天剛亮，他就起來，先修理了有些歪斜的院門，又把一堆柴火劈了。這時，滿院子都是櫟木拌子的香氣。這時，阿媽斯焖從院外進來，露水打濕了靴子和袍子的下襬。她一早上山，採來了新鮮蘑菇。

一朵一朵的蘑菇上沾著新鮮的泥土、苔蘚和櫟樹殘缺的枯葉，正好在新劈開的木柴堆上一一晾開，它們散發出的香氣和櫟木香混在一起，滿溢在整個院子。母子倆吃完早餐，蘑菇上的水氣也晾乾了。

阿媽斯焖對兒子說，我還是願意你自己吃了這些蘑菇。

阿媽，這個劉主任真的特別關心我。

阿媽斯焖想對兒子說，這個人也曾經特別關心過你阿媽，但話到嘴邊，她沒說出來。這麼美好的一個早上，天空湛藍，河水碧綠，兒子又要出門，她不想說那些令人不高興的話。於是，阿媽斯焖說，好吧，我的蘑菇圈裡有採不盡的蘑菇。要有你的朋友喜歡，就回來告訴我吧。

阿媽斯焖還告訴膽巴，蘑菇圈裡的蘑菇越長越漂亮了。

不會吧，村裡人都上山採蘑菇，沒聽誰說，他們的蘑菇越來越漂亮了。

阿媽斯焖說，他們沒有自己的蘑菇圈。他們上山只是碰見蘑菇，而從不記住，是哪一塊地方給了他們蘑菇。

膽巴把這些蘑菇送到劉主任家去，他沒想到劉主任會激動，而且激動到如此程度。

蘑菇整整齊齊地裝在柳條籃子裡，一朵朵躺在柔軟乾燥的松蘿裡。

劉主任漲紅了臉，瞧，瞧，裝一只籃子都這麼上心，這麼漂亮，你的阿媽斯烱可不是一般的鄉下老太婆！

膽巴不知如何回應，只好沉默不語。

劉主任伸手，一一撫摸那一朵朵蘑菇，哦，哦，它們的樣子都跟當年一模一樣啊！

然後，劉主任提著這籃蘑菇親自下了廚房，留他一個人在客廳裡喝茶。那時的膽巴，還是一個沒有父親的鄉下孩子的稟賦，懷著自卑，緊張不安，捧著茶杯，不知怎麼和這家的女主人以及和自己年紀相當的這家人的漂亮女兒說話。

女主人說，和老劉談戀愛的時候，我去過你的老家。

他終於沒有說出一句得體的話。他想了幾句話，自己都覺得那是不得體的，他知道，一定有句得體的話，但這話就是不肯來到他的嘴邊。

這時，廚房裡傳來熱油的滋滋聲，飄出來蘑菇受熱後的變化了的香味。女主人說，是個老實的娃娃。

他們家的女兒是知道自己是幹部子女、知道自己是城裡人的那種高傲的女孩。她幾乎不用正眼看他。

她對她媽媽說，老爹著了什麼魔啊，就為了幾朵蘑菇！

她媽媽制止她，丹雅！女主人又轉頭對贍巴說，還是你這樣的吃過苦的孩子懂事。這句話讓贍巴更侷促不安了。這時，女主人讓他幫助把折疊桌擺放起來。這簡直就是對他的赦免。贍巴手腳利索的把折疊桌打開，擺上桌面，又依次打開四只折疊椅。

劉主任炒好的菜上桌了。三個菜有兩個是蘑菇。一個蘑菇炒雞肉片，一個生煎蘑菇片。劉主任自己先伸筷子，品嘗後又讚歎。吃完飯，主任把他叫進書房，裡面的確有很多的書。他先取了碑貼來，給贍巴看。說，你的名字就在這上面，你的名字可是有來歷的！他要贍巴自己把贍巴兩個字找出來。贍巴很快就找出來了。

劉主任有些吃驚，我不知道你也懂書法。

贍巴老實告訴，自己並不懂書法，但他聽過劉主任給自己取名字的故事，所以，專門找了贍巴碑帖，找到了自己的名字。他又說，我還知道阿媽斯烱的烱也是主任當年選的字，而沒有用別人常用的穹或瓊。

劉主任看著他，很動情的樣子，說，有心就好，有心就好。我老了，要退休了，你年輕，只要有心，會有出息的。他把驕傲的女兒叫進來，說，丹雅比你小兩歲，不懂事，不努力，不曉得珍惜自己的福氣，以後，你要多多照顧她！

膽巴說，我哪能照顧她。

劉主任告訴他，明天，組織部就下文了，你就是縣商業局的副局長了。靠在門口的丹雅就噘嘴說，看看，送幾朵蘑菇，就當副局長了。

劉主任說，這事前天縣委就通過了，今天他才送蘑菇，這有什麼關係嗎？

膽巴有話，想等丹雅退出去才對劉主任說，但她就靠在門上，用背頂著門搖晃身子，就不出去。

劉主任說，有話就說吧。

膽巴說，舅舅在的那個廟，想要些橡膠管子，把水引進寺院……

劉主任打斷了他的話，你舅舅，你那個舅舅，要不是他，你阿媽斯烱也是一個體體面面的國家幹部！

膽巴低下頭，阿媽斯烱不怪舅舅。

好人，好人哪，誰都不怪！好人哪！回家告訴你阿媽斯烱，我一定會照顧好你！

果然，不幾天，膽巴的副局長任命就下來了，是組織部長在全域職工會上宣布的。

第二天，膽巴就搬了辦公室，就在局長的隔壁。一個月後，他就知道這個副局長該怎麼當了。兩個月後，他就捎信給舅舅，讓他們來縣城拉橡膠管子。春節回家時，他當副局長已經四個多月了，已經不怕跟人說話，有點當官的樣子了。

陪阿媽斯烱去寶勝寺看舅舅時，活佛陪著他看架好的橡膠管子如何引來了山上的泉水。舅舅就從大殿旁的水池邊直接從橡膠管中接來水給他燒茶。舅舅對阿媽斯烱說，到底啊，到底啊，我們家是要出幹部的。我耽誤了你，可膽巴真出息了。舅舅又說，想必是那個劉組長真為他的名字挑了好字吧。

阿媽斯烱冷著臉說，我名字的字也是他挑的。

膽巴就提醒舅舅，水開了，還不下茶葉啊。

膽巴沒有告訴舅舅和阿媽斯烱，這水管是他用了局裡的自行車和電視機指標換來的。

那幾年的商業局不是後來市場開放後的景象，什麼東西有指標是一個價，沒有指標是一個價錢。因為商業局管著這些緊俏商品的指標，膽巴在這縣城中就成了一個人物，可以說是一個沒有人不知道的人物。

當局長沒兩年，當初上劉主任家時對他不理不睬的丹雅也常常主動來找他了。而且，還叫他膽巴哥哥。

這時的膽巴不再是那個笨嘴拙舌的鄉下孩子了。他說，我怎麼當得起讓你叫哥哥，不敢當，不敢當啊。

丹雅說，可是老爹讓我叫的，你該不會不聽他老人家的話了吧。

膽巴說，這麼說來，就只好任你叫了，叫吧。你有什麼吩咐？

我要買兩臺電視機。

兩臺？你一雙眼睛要看兩臺電視？

我要出去旅遊。

旅遊？那時旅遊在這個縣城裡還是一個很新鮮的詞彙。

我從來沒有看過大海，我想去大海。

我也沒有看過。

那你就弄四臺，我賣了指標，我們一起去看海！

我跟你？不行，我們又沒有談戀愛。

你想跟我談嗎？

膽巴又露出了鄉下老實孩子的狗尾巴，低下頭擺弄辦公桌上的報表，不吭聲了。

我不好看嗎？

蘑菇圈

好看。

你不喜歡好看的女青年嗎？

你是個不務正業的女青年。

好吧，那就還是只要兩臺電視機吧。

膽巴就只好寫條子給丹雅兩臺電視機。

丹雅就和她的男朋友坐了一天長途汽車去省城，又坐了兩天兩夜火車去海邊。那一趟旅遊回來，丹雅在這個小縣城裡的名聲就毀了。她上班的防疫站收到鐵路公安通報，她和一起去海邊的漂亮男朋友在火車上幹了那種事情。這個消息像火焰一樣飛快奔竄，使這個沉悶小城的人們興奮起來。那種事情！而且是在火車上！怎不教人兩眼放光！而且，出了這個事，丹雅的那個男青年就消失不見了。他當官的父親下文將他調到省城去了。人們說，那個花花公子和丹雅是在文化宮的舞會上認識的。舞會上！才只見了兩面，就一起坐火車了，在火車上幹下醜事了！

那時候的膽巴和身邊很多人一樣，還沒有見到過真正的火車。

那時，電影院裡正好在放映關於火車的電影《卡桑德拉大橋》。電影院裡也有漂亮男女在行進的火車上親熱的畫面。膽巴在電影院看得熱血賁張，人生中第一次，他被強

蘑菇圈

烈的情欲控制住了。他閉上眼睛，想像著丹雅斜靠在他辦公室門前說話的樣子，不能自已。

自此以後，膽巴總是夜裡折騰自己的身體，又因為在縣城附近抓蔬菜基地建設，整天在地頭做說服農民的工作，他竟日漸消瘦了。

劉主任也消瘦了。他見了膽巴便唏噓不已。我瘦是因為丹雅，你瘦是工作太辛苦了嗎？

膽巴鼓起勇氣，我也是因為丹雅。

劉主任臉上露出了驚駭的表情，但他迅即鎮靜下來，你這個人啊，你不知道她有男朋友嗎？不然她也不會在……

我知道。

劉主任臉上顯露出痛苦的神情，她名聲不好，和她來往，對你的政治前途不利。

不幾天，劉主任叫他去家裡吃晚飯。丹雅不在家，飯桌上多了一個女青年。女青年是個很持重的小學老師。膽巴明白，這是劉主任給他介紹對象。這姑娘眉眼也端正，就是沒有丹雅那種魅惑的味道。飯後，膽巴和那位女老師沿著河堤散了兩公里步，但他在夜裡折騰自己身體時，還是魅惑萬千的丹雅浮現在天花板上。

一個星期天，他回家去看望阿媽斯烱，路上，遇到防疫站設的一個關卡。鄰近的草原畜群中爆發了口蹄疫，防疫站的人穿著白大褂背著噴霧器給過往車輛消毒。膽巴坐在吉普車裡，一眼就從那些穿白大褂、戴大口罩的人中認出了丹雅。他一眼就看出，她也瘦了。他屏住呼吸，看著丹雅來到了他的車前，圍著車子噴洒藥液。他看見了她口罩上方和帽子下方那道縫隙露出的那雙眼睛憂鬱而空洞。他搖下車窗，啞聲說，丹雅。

丹雅眼睛裡的光聚集起來，認出了他。

膽巴清了清嗓子，丹雅，你瘦了。

丹雅眼裡露出驕傲而倔強的神情，沒有說話。

司機發動了吉普車，膽巴說，我對劉主任說了。

他恨我不爭氣。

我對他說，我愛上你了。

丹雅被震住了，站在原地表情漠然。

膽巴又重複了一次，我對你爸爸說，我愛上你了。

車開動了。他看到丹雅眼裡泛起了淚光。他對丹雅搖手，來看我吧。他沒想到的是，當天下午，他正在家裡修理院門，一邊跟阿媽斯烱說話，丹雅就出現了。

蘑菇圈

阿媽斯烱拉住丹雅的手，說，我好像三輩子前就見過你了。

膽巴脫下手套，對丹雅說，進家裡喝點熱茶吧。

丹雅的身子軟軟地靠在了膽巴身上。阿媽斯烱手忙腳亂，往茶裡添了太多的奶。膽巴就對阿媽斯烱說，也許丹雅想嘗點新鮮蘑菇呢。

阿媽斯烱便提上柳條筐上山去了。

屋子裡靜下來，火塘裡劈柴上的火苗發出微風吹拂一樣的聲音。丹雅把頭靠在了膽巴的肩上。膽巴一動不動，彷彿天地間有一種巨大的重量全然落下來，把他整個人罩住，使他動彈不得，使他不能撫摸，也不能親吻身邊這個美麗的女青年。

然後，丹雅開始哭泣。

膽巴依然一動不動。

丹雅開始說話，你知道那件事情了？

膽巴點點頭。

一回來，全部人都討厭我，全部人都躲著我。

膽巴想說，我沒有躲著你，但他的嘴唇被自己突然變得黏稠的唾沫給黏住了。

你說，我礙著別人什麼了。丹雅坐直了身子，她的憤怒開始噴發，我自己的身體，我自己的情感，礙著別人什麼了?!

丹雅說到身體的時候，膽巴的身體也開始燃燒起來，他把丹雅攬進懷裡，緊緊擁抱。開始丹雅也回應給他熱烈的擁抱，但當他的手伸向她胸口的時候，丹雅堅決地推開了他，正色說，你以為我是個可以隨便的人嗎？

膽巴說，我愛你。

說說你怎麼愛我的。

膽巴是老實人，他說，看電影的時候我就愛上你了。我天天晚上都想你。

電影，有火車的電影？《卡桑德拉大橋》？

膽巴點頭。

一個耳光落在了他的臉上，你怎麼想像的？在火車上，脫掉我的褲子，還是撩起我的裙子？

膽巴捂住臉，是，我每天晚上都想跟你做愛，在火車上，在飛機上，在船上。要知道，那時候的膽巴除了在電影裡，還沒有真正見到過這三種交通工具。他說，是你的事情讓我情不自禁地這麼想。

丹雅流著淚衝出了房子，往村外去了。膽巴想追，緊走幾步，怕村裡人笑話自己，

蘑菇圈

只好吩咐司機追上她，送她回縣城。

阿媽斯焖採了蘑菇回來，卻不見了客人，我以為你有女人了，帶回來給阿媽看看。

膽巴突然覺得很悲傷，我愛她，她看不上我。

阿媽斯焖用新鮮酥油在平底鍋裡煎蘑菇片給他吃，滿屋子滿口都是山野中草與樹與泥土複雜的芳香。

那時，膽巴一個月掙七十多塊錢，每次回家，他都拿個十元二十元給阿媽斯焖。阿媽斯焖告訴他，這些蘑菇拿到六公里外的汽車站上，有些旅客願意買上兩斤三斤，每斤能賣五毛錢。阿媽斯焖說，你不用給我錢了，告訴你吧，我已經有了三個蘑菇圈，今年已經賣了一百多塊錢了。

照例，他又帶了一柳條籃子的蘑菇給劉主任家。他一進門，丹雅就起身，回到自己房中，砰一聲把門關上。劉主任堅持要他去請前次那個女青年來家裡吃飯，膽巴推說有大堆財務報表要審，藉故離開了。劉主任又急急追到樓下，告訴他，那個小學老師回了話，願意跟他繼續接觸。

膽巴對劉主任說，我已經愛上別的人了。

劉主任問，誰？

膽巴說，你的女兒丹雅。

劉主任臉色發白，定在那裡，像被雷電擊中了一般，你怎麼可以？怎麼可以……

膽巴想，如此栽培自己的劉主任原來心裡瞧不上自己。走在路上，他想，自己再也不會登這一家人的門了。但到了晚上，他青春的身體燃燒起欲望時，那個在黑暗中飄在天花板上的風情萬種的形象仍然是丹雅。

有事沒事，膽巴都故意在丹雅單位附近的街道上出沒，偶爾碰見，丹雅依然對他視而不見。丹雅對他不理不睬，但他依然不能自已，對著那個被周圍人刻意孤立的身影充滿同情與欲望。

再後來，丹雅身邊出現了一個新的漂亮男青年，膽巴心痛一陣，便慢慢恢復了平靜。他還是偶爾送點蘑菇給劉主任，但不再去他們家裡了。

第二年，阿媽斯炯的蘑菇在那個汽車站賣了兩百多元。阿媽斯炯進城來。晚上，阿媽斯炯睡在兒子床上，膽巴睡在鋼絲床上。阿媽斯炯說，等到存夠一千塊錢的時候，她就把錢給他結婚用。膽巴心裡算了算，笑著說，那我還得等上三、四年啊！

阿媽斯炯也笑，說，我看你自己也不著急嘛。

膽巴沒有告訴阿媽斯炯，這段時間，他操心的事情是能不能當上商業局長。他說，我不著急，我等阿媽存夠一千塊錢。他還告訴阿媽斯烱，下次送蘑菇來，得是三只柳條籃子。

阿媽斯烱心痛了，那我一年要少存幾十塊錢了。

阿媽斯烱又把這話轉述給法海老和尚聽。法海老和尚勸妹妹，侄兒是幹大事的人，你心痛幾籃子蘑菇幹什麼?!因為膽巴又幫寺院批了幾公斤金粉給寺廟大殿的黃銅頂鍍金，又弄了十幾公斤白銀指標打造舍利塔，法海在廟裡的地位大大地提高，早年的一個熬茶和尚，差不多是非正式的廚房總管了，長得也有點腦滿腸肥的意思了。

阿媽斯烱兩年裡送了幾籃子蘑菇，膽巴就當上了商業局長。

毫無預兆，蘑菇值大錢的時代，人們為蘑菇瘋狂的時代就到來了。

不是所有蘑菇都值錢，而是阿媽斯烱蘑菇圈裡長出的那種蘑菇。它們有了一個新名字，松茸。當其他不值錢的蘑菇都還籠統叫作蘑菇的時候，叫作松茸的這種蘑菇一下子就值了大錢。去年，阿媽斯烱在離村子六公里的汽車站上還只賣五毛錢一斤，這一年，一公斤松茸的價錢一下子就上漲到了三、四十塊。

阿媽斯烱說，佛祖在上，那是多少個五毛錢呀！

膽巴說，是六十個到八十個五毛錢！

阿媽斯烱冷靜下來，沒有那麼多。是三十到四十個五毛錢！公斤，公斤，你曉得嗎？一公斤是兩個一斤。

是的，公斤這個新的度量衡單位是隨著松茸這種蘑菇的新名字一起降臨的。出松茸的季節，在機村一帶的山裡，隨海拔高度的不同，有些地方是在夏天的末尾，有些地方是在秋天的開始。讓人感到奇怪的是，那些收購蘑菇的商人，他們並沒有見過長在山裡的松茸，卻總是準時出現在每個剛剛長出頭一茬松茸的地方。他們開著皮卡車，來到一個村子，打開後車門，推出一臺秤來，生意就開張了。那秤不是提在手裡滑動秤砣在桿上數星星的桿秤，而是臺秤。臺秤像是一架真正的儀器。機器的輪廓，鋼鐵的質感，亮閃閃的表面，秤出來的東西的重量都以公斤計算。阿媽斯烱發現，這些商人算賬不用算盤，他們用電子計算器。只要按動那些標上了數字與符號的小小按鍵，一些數字便幽靈一樣，在淺灰色的屏幕上跳盪。

一切真是前所未有啊！

三十二朵蘑菇就賣了四百多塊錢！

阿媽斯烱真是眉開眼笑。那天，她就坐在村頭核桃樹的陰涼下，守著商人的攤子，看傾巢出動的山裡人奔向山林，去尋找那種得了新名字叫作松茸的蘑菇。阿媽斯烱是一早上山的，現在太陽升起來，慢慢晒乾了她被晨間露水打濕的長袍的下襬。脫在一邊的靴子也晒乾了。這時，有人陸續從山上下來。有人是一、二十朵，更多是三朵五朵。

松茸商人就問阿媽斯烱為什麼獨獨是她的蘑菇又多又好。

阿媽斯烱還沒張口，就有村裡人爭著回答，工作組早就教她認識這些蘑菇了！

馬上有人出來辯駁，不對，是跳河的吳掌櫃！

還有人喊，他兒子是商業局長。

阿媽斯烱就笑了起來。她聽得出來，這些話裡暗含著些嫉妒的意思。阿媽斯烱心裡湧起她與蘑菇的種種故事，心裡一時五味雜陳，但她還是喜歡的，喜歡以這樣的方式受到眾人關注。

這時，一片烏雲瞬間就布滿了天空，雖然夏天已到了尾聲，但還是繼續要帶來雷陣雨，她站身來，拍拍袍子上的草屑準備回家，但她剛走出幾步，隨著隆隆的雷聲，碩大的雨滴就劈里啪啦砸了下來。阿媽斯烱又跑回到核桃樹下。滿世界都是雨聲，都是雨水和塵土混合的味道。起初這味道有些嗆人，但很快，塵土味便消失了，雨水中混合的是整片土地，所有石頭，所有草木被激發出來的清新濃郁的味道了。

阿媽斯烱興奮得兩眼放光，因為聚在樹下躲雨的人群中，只有她一個人知道，在山上，櫟樹林中和櫟樹林邊，那些吸飽了雨水的肥沃森林黑土下，蘑菇們在蘑菇圈開始吱吱有聲地歡快生長。這不是想像，阿媽斯烱曾經在雨中的森林裡，在她的蘑菇圈中親眼見識過蘑菇破土而出的情景。夏天，雷陣雨來得猛去得也快，雨腳還沒有收盡，蘑菇們就開始破土而出了。這裡一隻，那裡一隻，真是爭先恐後啊！

雨慢慢停了，太陽復又破空而出，村莊上空出現了一彎鮮明的彩虹。人們開始四散開去。

那個蘑菇商人來到阿媽斯烱跟前，問她，大媽，他們說的事情是真的嗎？

阿媽斯烱說，沒有人叫我大媽，他們都叫我阿媽斯烱。

那麼，阿媽斯烱，他們說的事是真的嗎？

阿媽斯烱笑了，你問他們說的哪一件事？

他們說你的兒子是商業局長。

阿媽斯烱卻說，這時山上又長出了好多蘑菇呢！

不會吧，百十號人剛把林子掃蕩了一遍。

阿媽斯烱說，那你在這等著我。

說完，阿媽斯焖真的又上山去了。

那個商人抽了一根菸，在這個不大的村子走了一圈，回來坐在車裡小睡一會兒，再抽一支菸，又在這個村子裡轉了一圈。回來，見又被露水濕了衣裳和靴子的阿媽斯焖已站在皮卡車跟前了。

這一回，阿媽斯焖帶回來五十三朵蘑菇。其中四十八朵是她從最早的蘑菇圈和後來相繼發現的三個蘑菇圈裡採來的，剩下幾朵則是偶然的零星的遇見。遇見零星的那幾朵時，阿媽斯焖還嘀咕來著，你們怎麼像是沒有家的孩子呢，可憐見的！

看著那些可愛的菌盔緊致，菌柄修長的新蘑菇，那個商人想起了一個成語，雨後春筍，他說，嚯，雨後松茸！

阿媽斯焖當然不知道這個成語，她只說，這會兒，山上又長出好大一群了。

這時已是夕陽銜山時分，雨後色彩鮮明的森林影調開始變得深沉，松茸商人說，可惜他不能再等了。現在，他要連夜驅車五百公里到省城，明天早上，這些松茸就會坐最早的一班飛機飛到北京，再轉飛日本，到明天這個時候，這些蘑菇就出現在東京的餐桌上了。

商人說，在那裡考究的晚餐桌上，每人也就吃到兩片松茸，一片生吃，一片漂在湯裡。商人說，要是日本人不吃，這東西哪裡會值到這樣的價錢。

圍觀的機村人就都說日本日本。也有人埋怨，這些日本人為什麼不早點吃這東西？

商人便講了一大通道理。他說了改革開放，說了信息交流，還說了交通建設。他說，要是沒有好的公路，沒有飛機，不能二十四小時內把松茸送上異國的餐桌，日本人錢再多，也沒有這個口福。超過二十四小時，嬌嫩的松茸就失去了鮮脆的口感，時間再長一點，它們就爛在路上了。

那一年，機村以及周圍的村莊，都因為松茸而瘋狂了。

早上，天剛破曉，啟明星剛剛升上東方天際，最早醒來的鳥剛剛開始在巢中啼叫，人們就已經起身去往林中，尋找松茸了。不到一個月，林中就已趟出了一條條小道。阿媽斯炯不會湊這個熱鬧，她也不用天天上山。她只是在人們都下山了，才起身上山。看到人們在林中踩出一條條小路，她就有些心痛，因為那些踩得板結的地方，再也不會長出蘑菇來了。蘑菇不是植物，不會開花，不會結出種子。但在她想像中，蘑菇也是有某種人看不見的種子的，以人眼看不見的方式四處飄蕩，那些枯枝敗葉下的鬆軟的森林黑土，正是這些種子落地生根的地方。

阿媽斯炯繼續往城裡送蘑菇。還是在柳條籃子中鋪了鬆軟的跟蘑菇散發著差不多同樣氣味的菩蘚。一朵朵菌柄修長的松茸整齊地排列。阿媽斯烱對膽巴提出一個問題，松茸的種子是什麼樣子呢？

膽巴無從回答這個問題。

膽巴說他會去圖書館查找資料，肯定會從書上得到答案。

下個星期，阿媽斯烱再去縣城送蘑菇，膽巴告訴她，蘑菇都是有種子的，只是蘑菇的種子不叫作種子，而叫孢子。

孢子是個什麼鬼東西？

膽巴打開總是揣在身上的會議紀錄本，上面有他從圖書館抄來的關於孢子的定義，孢子，就是脫離親本後能直接或間接發育成新個體的生殖細胞。

阿媽斯烱嘆息，膽巴，你現在說的都是我不懂的話。

膽巴合上本子，老實說，這些科學我也不太懂。

阿媽斯烱自己做了總結，反正就是說，蘑菇是有種子的，不然，它們怎麼一茬又一茬從地裡長出來呢？

說話時，膽巴把籃子裡的蘑菇分成了四份，分裝在四個塑料泡沫模壓的盒子裡，他要將這些蘑菇分送給四個人家。即將退休的劉主任、縣委書記、縣長、組織部長。阿媽斯烱有些不高興了，你要送些給什麼人我不管，但你不嘗一點阿媽斯烱親手採來的蘑菇嗎？

膽巴說，我不操心我沒有新鮮蘑菇吃，阿媽斯烱現在有了一個新名字了？

嚯，那個老太婆她有新名字了？

她有一個越來越多人知道的新名字了，這個名字叫做蘑菇圈大媽。他們說，別的人找到的，都是迷路的孩子，蘑菇圈大媽找到的才是開會的蘑菇。

阿媽斯烱就拍著腿笑了，開會的蘑菇！說得好！如今不像當年，村長招呼開會，再也聚不起那麼多人了。

晚上，阿媽斯烱睡在兒子的大床上，路燈光透過窗簾的縫隙落在枕邊，她還在想，開會的蘑菇。

膽巴送了那些蘑菇回來了，在阿媽床邊打開鋼絲床睡下來，阿媽斯烱禁不住笑出聲來。

膽巴問她為什麼還沒有睡著？

阿媽斯烱乾脆大笑起來，開會的蘑菇！

第二天早晨，膽巴送阿媽斯烱到汽車站，迎面碰見了舅舅法海和尚。法海舅舅老了，躬腰駝背，步履蹣跚，看見妹妹和侄兒卻滿臉放光。

膽巴趕緊把舅舅和跟著他的寺院管家請到街邊店裡吃早餐。早餐是這個縣城的標配，一份牛雜湯，一屜牛肉芹菜餡的包子。每次，舅舅和寺院管家一起出現，就是來提要求，要他幫忙辦事。他說，有什麼事，說了我還要開會。管家卻不著急，掏出一方毛巾擦去和尚頭上的汗水，廟裡的喇嘛們都常常為您這位大施主祈福呢。

膽巴說，我算什麼施主，沒有上過一份香火錢。

管家就把這些年他幫過的忙細數一遍，這才是有大功德的施主啊！

膽巴說，你們找到我，不幫也不行啊！

管家便示意法海和尚說話。

法海舅舅便兩眼放光，我侄兒有本事，我臉上有光，有光啊！說著，他臉上也放起光來了。

膽巴開口道，就說這回是什麼事吧。

管家說，這回是政府鼓勵的事，我們要保護寺院四周的山林。膽巴知道，這些年，內地開放了木材市場，收購木材的遊商遊走山裡，村民們便提斧上山，把過去森林工業局大規模採伐後的有用之材再清理一遍。盜伐的情形一年重於一年。管家說，寺院願意組織僧人，保護寺院四周的山林，想要求得政府的支持。

膽巴笑了，說，這真是好事，便帶了兩個穿袈裟的老者去見林業局長。局長聽了管家的想法，立即表示支持，當即叫了辦公室主任和一位科長來，命他們立即起草一份文件，寶勝寺後山、前山均劃為封山育林保護區，寶勝寺僧人組成的巡山隊有權把盜伐林木者扭送公安機關。

林業局長說，和尚喇嘛願意保護自然生態，這是新生事物，我支持新生事物。兩個和尚得了文件歡喜而去。

林業局長這才對膽巴說，封山育林的牌子一插，那兩座山上的松茸就全歸了寺廟，老百姓就不敢染指了。

膽巴說，我怎麼沒想到這一處來！

林業局長說，我都五十多歲了，看人看事，見不光明處就多了，你年輕，大有前途，有時候，把人事看得簡單些反倒是好的。

過些日子，舅舅法海生了病，膽巴便去廟裡看望。

真實的想法，是要看看寺院如何封山。寺院真的在這為松茸而激越的季節封了山。他們不但插上了林業局發放的封山育林的牌子，還把年輕體壯的僧侶組成了巡山隊，每人一截長棍，把守住每一條上山的小徑。除了寺院附近的村民，不准上山。而且，這些村民採來的松茸，都統一銷售給寺院，再由寺院轉售給松茸遊商。寺院在村民那裡壓價兩成，又在出售時加價一成，靠他幫忙得來的封山令又多了一個生財之道。

所以，寺院專門派了細心的小喇嘛侍奉法海和尚這個地位低下的熬茶和尚。

這些年交往下來，膽巴跟寺院的活佛說話已經很隨便了。這天，見了活佛他就說，活佛你可以當董事長了。

活佛不以為忤，幾百號人呢，沒有管理不行，管理不好也不行，沒有生財的辦法不行，生財的辦法少了還是不行。

膽巴不得不承認，這倒也是實話。

活佛收斂了臉上的笑容，我還有一句實話，你舅舅怕是過不了這個冬天了。

膽巴沉默，一時想不起來該說什麼樣的話。

活佛說，我要加派一個和尚去侍候他。

膽巴說，我還是接他去醫院吧。

活佛道，命數已定，又何必到醫院延宕時日呢。

回到家，膽巴把活佛的話轉述給阿媽斯烱。阿媽斯烱深深嘆息，那些年月，我本指望家裡靠他這個男人來撐著，可他卻反要我來照顧。洛卓。阿媽斯烱說，洛卓。你舅舅就是我的洛卓。洛卓這個詞，翻成漢語就是宿債。這是按佛教的觀點。按佛教的觀點，阿媽斯烱這個妹妹和法海哥哥這樣的關係，就是因為她的前世欠下了法海前世的債務。這筆債務可能是金錢的，更可能是道德的或情感的。

阿媽斯烱在佛前添了一盞燈，濕了一回眼睛，便平靜下來了。

她用額頭貼著膽巴的額頭，膽巴，我跟你沒有洛卓，不然不會讓我這麼省心。可是，你還欠我的。

膽巴緊貼著阿媽斯烱的額頭，我不忍心你一個人住在鄉下，搬進城裡來和兒子一起吧。

我不能拋下那些蘑菇圈，現在它們那麼值錢！阿媽斯烱笑了，再說了，你那麼小的房子，要是來一個喜歡你的姑娘，我還能睡在你的床上嗎？

這一年下第三場雪的時候，法海這個曾做了好多年機村牧羊人的熬茶和尚走完了他這一生的輪迴。

膽巴是事後才得知這個消息的，那是春節回家的時候，阿媽斯烱才告訴他，舅舅已經走了。他走得安詳又乾淨。

安詳是指法海臨終沒有什麼痛苦。乾淨是說，天葬時，他的軀殼都被神鷹打掃乾淨，做了最後的供養。

那天晚上，膽巴也在佛前給舅舅點了一盞燈。

阿媽斯烱突然發話，你舅舅那樣一輩子有意思嗎？

膽巴很吃驚，阿媽斯烱會問出這樣的話。他說，對相信輪迴的人是有意思的吧。

阿媽斯烱接下來的話把她自己也嚇著了，要是沒有輪迴這件事呢？她趕緊說罪過，罪過，一定是魔鬼把我的舌頭控制了。

膽巴笑起來，給阿媽斯烱斟一碗加了油和糖的青稞酒，來吧，阿媽。

阿媽斯烱喝下一口酒，突然間眉開眼笑，說，是啊，這就是這一世的人生的味道。

那時，屋子外面開始下雪了。冬天乾燥的空氣中立時就充滿了滋潤的乾淨的水的芬芳。雪還使在風中發出聲音的樹與草，與塵土都安靜下來。

這是一個令人安定滿意的新年。阿媽斯烱說，這才是人該有的新年，可她居然活到老了，才得到了這樣一個新年。她願意這個世界上的所有人，一直都有這樣的新年。

可是，第二年的新年，整個村子都陷入到悲哀的氣氛中。因為兩個年輕人盜伐了一卡車林木，一個年輕人被警察抓住，一個年輕人開著載重卡車逃跑，最終撞上山崖而丟掉了性命。

第三年的新年，他們家來了一個躲債的年輕人。

這個年輕人不甘心只是把採來的松茸賣給那些收購松茸的商人，他自己收購松茸，結果在村裡收了一車價值數萬元的松茸卻在路上遇到泥石流，結果這些松茸沒有乘飛機到達日本，而是眼睜睜地爛在車裡，變成了一堆爬滿蛆蟲的臭烘烘的爛泥。他那些松茸都是從村子裡賒來的，這個晚上，村民們都上他家討債，膽巴見狀，便把他帶回到自己家裡。

第四年，膽巴當上了副縣長，還有了女朋友，但他回到家卻長吁短嘆，因為讓他分管的商業系統在新形勢下已經難以為繼。照道理，市場開放搞活，一直在商業局工作的人應該更會做生意才是，可是，這些人偏偏不會，幾乎在所有的方面，都在和那些個體商戶的競爭中敗下陣來。最後，商業局下屬的百貨公司，都分成一個一個櫃檯分租給那些雄心勃勃的個體戶了。

第五年新年，是阿媽斯烱不開心，因為她失去了一個蘑菇圈。松茸季節裡，她被兩個同村人跟蹤了。每一次，他們都趕在她的前面採走了新生的松茸。後來，他們和村裡的其他人一樣，只要松茸商人一出現，就迫不及待地奔上山去，他們都等不及松茸自然生長了。他們採走了她的蘑菇使她心疼，更讓她心疼的是，當他們等不及蘑菇自然生長時，便和村裡其他人一樣，提著六個鐵齒的釘耙上山，扒開那些鬆軟的腐植土，使得那些還沒有完全長成的蘑菇顯露出來，阿媽斯烱趕上山去時，他們已經帶著幾十朵小蘑菇下山去了。新年的晚上，阿媽斯烱心疼地對膽巴說，人心成什麼樣了，人心都成什麼樣了呀！那些小蘑菇還像是個沒有長成腦袋和四肢的胎兒呀！它們連菌柄和菌傘都沒有分開，還只是一個混沌的小疙瘩呀！阿媽斯烱哭了，她說，記得嗎？你說書上說蘑菇的種子叫孢子，我看到那些孢子了！

阿媽斯烱的確在櫟樹樹中看到了蘑菇圈被六齒釘耙翻掘後的暴行現場，好些白色的菌絲——可以長成蘑菇的孢子的聚合體被從濕土下翻掘到地表，迅速枯萎，或者腐爛，那都是死亡，只是方式不同而已。枯萎的變成黑色被風吹走，腐爛的，變成幾滴濁水，滲入泥土。那都是令人心寒與怖畏的人心變壞的直觀畫面。

那一年，膽巴心裡萌生一個想法，在村子裡成立一個松茸合作社。一來，集體議價，可以防止遊商壓級壓價；二來，訂立保護資源的鄉規民約共同遵守。

縣長和書記都支持他的想法。

縣長說，你的老家機村盛產松茸，也是資源破壞嚴重的地方，就在那裡搞個試點。

那一年，牆巴在五一節結了婚。

不是當年劉主任介紹的那一個姑娘。這個姑娘是牆巴自己在文化宮的舞會上認識的。姑娘的父親就是縣裡的副縣長。那次舞會上，那個姑娘說，我知道你就要成為我父親的同事了。一次，他到縣裡開完這位副縣長召集的協調會。散會時，他都走到門口了，副縣長發話，牆巴局長請留一下。

副縣長端詳了他半天，說，我想問你一句不該問的話。

牆巴不言語，等他發話。

副縣長說，聽說你是一個私生子？

牆巴很平靜，說，阿媽斯烱沒有告訴過我父親是誰。

副縣長手指輕叩著桌面，說，美中不足，美中不足。好了，我告訴你吧，我家姑娘看上你了。

牆巴便想起了舞會上那個眼光明亮的姑娘。

副縣長又說，好吧，你們可以交往交往，不過，你要記住，我們可是規矩人家！

他就開始了和副縣長叫作娥瑪的女兒的交往。娥瑪是組織部的一般幹部。第三次見面，就坦率地告訴膾巴，她父親說，要麼自己努力進步，要麼找一個進步快的丈夫。她懷著柔情說，我是一個女人，我願意選擇後者。

膾巴很吃驚。吃驚於這個姑娘能將這功利的坦率與似水柔情如此奇妙地集於一身。交往日久，擁吻，纏綿，彼此探索身體時，娥瑪對著他的耳朵呢喃，你說我能不能把你腦子裡別的女人趕走。

膾巴說，已經只有你了。

娥瑪吹氣如蘭，說，那麼，那個你劉叔叔家的丹雅呢。

膾巴很吃驚，你怎麼知道我想過她。

娥瑪說，她那樣的女人，沒有女人的男人都想過她。

膾巴便繼續向娥瑪的身體進攻。到了最關鍵的環節，娥瑪從床上起來，理好衣服，先生，這一步必須等到我確定你是我丈夫那一刻。

膾巴有些尷尬，也有些氣惱，你守身如玉，卻又這麼懂得男人。

娥瑪回答，你以為必須跟男人上床才能懂得男人嗎？

松茸季將臨之前，膾巴結婚了。

已經從縣政協退休的劉主任來參加了簡單的婚禮。丹雅也來了。劉主任端著酒杯，

蘑菇圈

上來說的卻不是祝賀的話，他說，我退休了，閒不住，也想弄弄松茸的生意，我是老機村了，就在機村搞個收購點。

膽巴知道，並不是他想做什麼松茸生意，是想做這個生意的丹雅在背後慫恿。膽巴只好告訴他，縣裡馬上要在機村搞個松茸合作社，這樣有利於保護資源，並防止惡性競爭。

劉主任當然不高興，說，你不必在這個時候如此答覆我。

膽巴心裡當然很過意不去。接下來，他在機村親自抓的松茸合作社試點失敗了。村中老人對他說，合作社，我們都當過合作社的社員，小子，你還想讓我們再餓肚子嗎？回家問問你阿媽斯炯，她是怎麼成為蘑菇圈大媽的吧。

膽巴還是堅持召集全體村民開了一個會，說明此合作社不是彼合作社。有人假裝聽懂了，說，好啊，阿媽斯炯的蘑菇圈裡的松茸就是我們大家的了。全村平分松茸的錢。

阿媽斯炯可不客氣，那你們偷砍樹木的錢，做生意掙的大錢都要大家來平分了。

膽巴在村裡待了三天，一戶一戶地說服，也沒有什麼結果。

這件事情也就黃了。書記和縣長都是老幹部，見此情形並不為怪，好多事情不是我們想不到，而是確實做不成啊！膽巴這話也是為他們很多半途而廢的事情開脫的吧。

膽巴在心裡把合作社的事情放下了，帶著新媳婦娥瑪回家來。阿媽斯烱拿出一套花了將近十萬塊錢買來的珠寶送給兒媳。阿媽斯烱說，你要看好膽巴，他是個傻瓜，只不過是個善良的傻瓜。是的，是的，我也是個傻瓜，但也不會傻到把錢白分給大家。

娥瑪換下一身短打，穿上藏裝，戴上阿媽斯烱用松茸錢置辦的紅珊瑚與黃蜜蠟，臉上的喜氣和珠寶相映生輝。

阿媽斯烱因此抹了眼淚，說，這座房子，從來沒有這樣亮堂過啊！

她溫了加了酥油的青稞酒，悄聲對娥瑪說，就在這座房子裡，就在今天晚上，你給我懷一個孫子吧。

那天晚上，臨睡時，阿媽斯烱親手給兒子和媳婦鋪了床褥，自己卻不睡覺，坐在院子裡，身邊放了一壺酒，在大月亮下搖晃著身子歌唱。半夜醒來，膽巴聽見阿媽斯烱在院中歌唱，正要起身下床，卻被娥瑪纏住，阿媽可是給了我一個大任務。

膽巴復又倒在床上，老太婆跟你嘀咕什麼來著。

老人家要我和你今晚給她造個孫子。

膽巴笑了，不是一直造著的嗎？

那就再造一次吧。

蘑菇圈

那個晚上，他們給阿媽斯烱造孫子真是造得轟轟烈烈。

啟明星剛剛升上天際，阿媽斯烱輕手輕腳上了樓，扒開了火，用陶罐煨了塊上好的藏香豬肉，然後，上山去了。林子裡飄著霧氣，阿媽斯烱第三次停下來，傾聽後面有沒有腳步聲，確信身後什麼都沒有時，她鑽進了林子，這時，霧氣散開不少，她看到蘑菇圈中已經新出土了十幾朵蘑菇，但她並不急於採摘。

阿媽斯烱拂去一些櫟樹潮濕的枯葉，一塊石頭在她手下顯現。她在這塊石頭上坐下來，她臉上洋溢著幸福的神情，用甜蜜的聲音說，我不著急。她靜靜地坐下來，袍子的顏色接近櫟樹樹幹的顏色，也很接近林下地面的顏色。只有一張臉洋溢著特別的光彩。那光彩使得有輕霧飄蕩的，光線黯淡的林中也明亮起來。

她坐下來，聽見霧氣凝聚成的露珠在樹葉上匯聚，滴落。她聽見身邊某處，泥土在悄然開裂，那是地下的蘑菇在成長，在用力往上，用嬌嫩的軀體頂開地表。那是奇妙的一刻。

幾片疊在一起的枯葉漸漸分開，葉隙中間，露出了一朵松茸褐色中夾帶著白色裂紋的尖頂，那只尖頂漸漸升高，像是下面埋伏有一個人，戴著頭盔正在向外面探頭探臉。就在一隻鳥停止鳴叫，又一隻鳥開始啼鳴的間隙之間，那朵松茸就升上了地面。如果依然比做一個人，那朵松茸的菌傘像一隻頭盔完全遮住了下面的臉，略微彎曲的菌柄則像是一個支撐起四處張望的腦袋的頸項。

就這樣，一朵又一朵松茸依次在阿媽斯烱周圍升上了地面。

她看到了新的生命的誕生與成長。

她只從其中採摘了最漂亮的幾朵，就起身下山了。

她在平底鍋中化開了酥油，用小火煎新鮮蘑菇片的時候，她聽到兒子和媳婦起床了。聽到媳婦嬌媚的說話時，阿媽斯烱真的眉開眼笑了。當他們按城裡人的方式完成繁瑣的洗漱時，蘑菇也煎好了。她在臥房中換好被露水打濕的衣服時，膽巴和他的新媳婦正吃得眉開眼笑。她看見媳婦把松茸片挾進兒子口中，阿媽斯烱幸福得臉上露出了難過的表情。他們身上還散發著男歡女愛過後留下的味道。

膽巴對妻子說，瞧瞧，阿媽斯烱為你打扮得像過節一樣！

媳婦扶著阿媽斯烱坐到小炕桌前，從陶罐中盛了湯，雙手奉上。

阿媽斯烱哭了，她咧著的嘴卻沒有出聲，滾燙的淚水嘩嘩流淌。媳婦也紅了眼圈說，膽巴告訴過我，阿媽吃過的苦，阿媽受過的委屈。

阿媽斯烱又笑了，我不是難過，我是幸福。離開幹部學校那一天，我就沒有指望過，還能過上今天這樣的好日子。

瞻巴告訴我，寶勝寺恢復那一年，法海舅舅帶瞻巴去寺院做小和尚，是你連夜走了幾十里路把他搶回來的。

哦，那個往生的死鬼！

媳婦小心翼翼挑揀著詞彙，你，你，不好的，不順利的命運都是……

哦，不，瞻巴的法海舅舅，他自己就算不得一個真和尚。一個熬茶和尚算什麼真和尚？一個有過女人的和尚算什麼真和尚？我兒倒能做一個真和尚，但我捨不得他。不說往生的人了。我喜歡你們像現在這樣。昨夜，你們倆一起睡在這老房子裡，我喜歡得坐在院子裡一夜沒睡，希望你們已經種下一個好命的新生命了。

阿媽斯烱還指了指窗口上的那一方青山，說，等有了孫子，我的蘑菇圈換來的錢，才能派上用場。

回城的路上，新婚夫婦回味阿媽斯烱那些話，娥瑪倚在瞻巴肩上，又哭了一場。她說，我因為什麼樣的福氣，得了這麼一個善心的媽媽。

第二年蘑菇季到來前，阿媽斯烱得了一個孫女。

孫女長得像膽巴。大眼睛，高鼻子，緊湊的身板。

阿媽斯烱讓膽巴帶著她到銀行專開了一個存摺，上面寫了孫女的名字，一個蘑菇季下來，她居然往裡面存了兩萬塊錢。

又過些年，松茸的價格漲漲跌跌，但到孫女上小學的時候，存摺裡已經有了十萬塊錢。

那時，前工作組長劉元萱已經退休多年了。丹雅也結過兩次婚了。後一次離婚時，她索性辦了留職停薪的手續，用後一任做木材商人的丈夫那裡分得的錢做本，自己做起了蘑菇商人。

蘑菇生意並不像早年一手錢一手貨收進來賣出去那麼簡單。這個時候的蘑菇生意已經公司化了，那些互為競爭對手的公司小小合作一下，就能把一人遊商的發財夢給破了。

丹雅也遭受了這樣的命運，那筆離婚得來的錢，隨著收上來卻出不了手的松茸一起消失了。據說，在一家貿易公司門口，看著腐爛的松茸變成臭烘烘的黑色黏液從車廂縫隙裡滲出來，丹雅在那裡吐了個天昏地暗。她胃裡的食物和胃酸，還有眼淚，以及對以往過錯的種種悔恨。

從此以後，她成為了另外一個人。即便是她終於取得生意上的成功時，依然沒有變回從前那個丹雅。

據說，她在父母家裡躺了好幾天。第五天，丹雅起了床，宣布說我要從零開始。退休後無職無權的劉元萱問她，從零開始，你這個零在什麼地方。

丹雅承認自己也不知道這個零在什麼地方，但她說，你提攜過的膽巴都當副縣長了，你得讓他幫幫我。

劉元萱說，你要找誰幫忙我管不著，唯獨不能找他！

丹雅冷笑，當年膽巴追我，你也說這話！不然，我現在是副縣長夫人了！

這是一個晴朗的早晨，太陽光斜斜地從東窗上照進來，落在沙發前的地板上。劉元萱受了刺激，臉孔漲得通紅，從沙發上站起來，然後就搖搖晃晃地倒下了。他倒在了那方陽光裡，張大的眼睛裡光芒漸漸渙散。他聽見丹雅在打電話叫救護車。他一直在說，用不著了，用不著了。但丹雅沒有聽見他這些話，只見到一些無意義的白沫從他嘴角溢出來。直到聽見了救護車聲，丹雅才俯身下來，聽見從那些越積越多的光沫中冒出來的微弱的聲音。丹雅聽到了她父親最後的那句話，膽巴是你的哥哥，你的親哥哥。

急救中心的醫生衝進屋內，摸摸前工作組長劉元萱的頸子，聽聽他的心臟，再用小電筒照照他的瞳孔。然後，記下了他的死亡時間。丹雅跌坐在沙發上，欲哭無淚。看著早晨的陽光離開了地面，照到牆邊的矮櫃上。看到父親沒有了生命的軀體躺在了擔架上，蒙上了白布，離開了這個居住了十多年的單元房，上了救護車，往醫院的停屍間去了。

在殯儀館的送別儀式上，縣裡領導都來了。膽巴也在其中。這時，他已經是常務副縣長了。他走到丹雅面前，也像別的領導一樣要跟她握手，但是丹雅一下就靠在了他的肩頭上哭了起來。這時，還有刻薄的嘴巴悄悄議論，要是當年就嫁給膽巴，她今天就不會這麼傷心了。

此情此景，膽巴有些尷尬，說，劉叔叔走了，我也很心傷。

丹雅對他說，爸爸最後留了一句話，他當年不讓你追我，因為他也是你的爸爸。

晚上，膽巴眼前浮現出身躺在棺材裡穿了西服、塗了口紅的那張灰白色的臉，心裡有種空洞的悲哀。那是一個頗為抽象與空洞的父親的概念引發的悲哀。娥瑪說，好了，我知道劉叔叔對你好，但人都是要走的。

膽巴猶豫半天，還是把丹雅的話告訴了娥瑪。

娥瑪說，這不會是真的！

娥瑪又說，這事情也可能是真的。

我怎麼可能知道她的話是真的。

回去問阿媽斯烱。

這種事我怎麼出得了口！

那也得問清楚了。

這麼多年不清楚不也過來了。

娥瑪很老到地說，不是死去的人的問題，是活著的人的問題。

活人的問題?!

是啊，就是你追求過的丹雅。如果阿媽斯烱說不是，那你就躲著她遠遠的，不必再去理她。如果是，那就是另一回事，她再不爭氣，也是你妹妹啊！

蘑菇季到來了，阿媽斯烱捎了信來，叫兩口子帶著孫女去看她。如今，一天天老去的阿媽斯烱不怎麼肯出門了。於是，兩口子便在一個星期天帶了女兒去看鄉下奶奶。

路上，娥瑪對膽巴說，我們把孩子奶奶接進城裡來住吧。

膽巴心思不在這上頭，你自己對她說。

機村離縣城不遠不近，五十多公里，過去，路不好，就顯得離縣城遠。現在，漂亮的柏油路面，中間畫著區隔來往車道的飄逸的黃線，靠著河岸的一邊，還建起金屬護欄，瘋狂了十多年的林木盜伐也似乎真的被扼止住了，峽谷中水碧山青。瞻巴兩口子，因為阿媽斯烱的蘑菇圈，不必存錢為女兒準備學費，率先買了十多萬的富康車，辦私事時，都不用公車，這在群眾中為這位副縣長加分不少。別人的鄉下母親都是一個負擔，他們的鄉下母親，卻每年都為他們攢幾萬塊錢。

娥瑪便常常讚歎，瞻巴，你怎麼有這麼好一個媽媽。

瞻巴嘆息，我的苦命的媽媽。

有時，娥瑪便搖晃著阿媽斯烱的肩頭，阿媽斯烱，瞻巴是什麼命，有你這麼好個媽媽。

阿媽斯烱嘆息之餘，又眉開眼笑，可能我上輩子也欠了他的洛卓，這輩子來還。

瞻巴說，阿媽斯烱以前你只說，你欠了往生的舅舅的洛卓！

孫女問，什麼是洛卓？

阿媽斯烱說，洛卓是前世沒還清的債。我欠你死鬼舅爺的是壞洛卓，欠你爸爸的是好洛卓。

瞻巴說，要真是如此的話，這輩子我又欠下阿媽斯烱的洛卓了！

那你下輩子還當我兒子吧。

膽巴一句話湧到嘴邊，突然意識不對，又嚥了回去。不想，這句話倒被阿媽斯烱說了出來，下輩子我得給你個父親。

膽巴便說，劉元萱死了。

誰？

當年的劉組長。

阿媽斯烱又挺直了腰背，沉默了一會兒，說，膽巴，這個人就是你父親。

膽巴說，臨死前，他自己也告訴丹雅了。

膽巴以為阿媽斯烱又會說洛卓，會把這一切都歸結於宿命和債務。但阿媽斯烱沒有這樣說。她說的是，這下我不用再因為世上另一個人而不自在了。

這句話出來，娥瑪的眼睛就濕了。

膽巴不敢直看阿媽斯烱的眼睛，他看到的是比村子裡其他人家整潔的屋子。火塘邊擦得錚亮的銅壺，壁櫥上整齊排列的瓷器，電視機的屏幕也擦得乾乾淨淨。看著看著，膽巴的眼睛也濕了。他第一次以一個男人的視角去想這個女人，她怎樣莫名其妙失去了幹部身分，她怎樣遇到一個本該保護她卻需要她去保護的兄長，她怎麼獨自把一個兒子拉扯成人，她怎樣知道兒子的父親就在身邊而隱忍不發。現在，這個人死了，她也只說，這下我不用再因為世上另一個人的存在而不自在了。

娥瑪把頭靠在阿媽斯烱的肩頭上，阿媽斯烱去城裡跟我們在一起吧。

阿媽斯烱挺直了的腰背鬆下來，她說，也許吧，也許吧，可是，我怎麼離得開這座房子，還有山上的蘑菇圈。這句話是一個引子，為了引出後面要說的一大段話。她說，這個世界上的很多人，生命是從生下來那一天就開始的。可我的生命是從重新回到機村的那一天開始的。她說，我回來的那一天是個好天氣，風吹動著剛剛出土不久的青翠的麥苗，村裡人那時還是合作社的社員，他們正在地裡鋤草，他們都直起腰來看穿著幹部衣服的斯烱穿過被風一波波拂動的麥田，走過村裡。她說，我在他們的注視下，唯一可以做到的就是不讓自己哭出來，不讓自己倒下去。知道嗎，在工作隊裡，在幹部學校，我學過多少比天還大的道理啊！但是，那些道理都幫不了我。那些道理不能告訴我，為什麼法海和尚每天都聽見我在山裡叫他，他就是忍心不出來。那時我頭一回想起那個字眼，洛卓——宿債。我回到家裡，一頭倒在床上，睡過去了。是膽巴讓我醒來的，他動了。肚子裡那個小傢伙動了。那是膽巴頭一次動彈。說到這裡，阿媽斯烱對已經四十多歲的兒子伸出手，過來，兒子，過來。膽巴挪動到阿媽斯烱身邊。阿媽斯烱伸手攬住了他的腦袋，抱在自己懷中，那時，我就知道，我就是把法海和尚找下山，帶回村裡，也不能回到幹部學校了。我知道，如果我不說出孩子的父親是誰，那也不能繼續穿著好看的幹部服了。哦，我在幹部學校的皮箱裡還有一套嶄新的幹部服一次都沒穿過呢。

年已四十多歲的膽巴鼻子發酸，在阿媽斯烱懷中說出了該在他童年少年時代的艱難時刻就說出的話，我愛你，阿媽，你有沒有覺得我也是一個洛卓，一個宿債吧？

不，不，阿媽斯烱猛烈搖頭，你在我肚子裡的時候，我還沒見過你，那時，我只能想，這是我的又一份宿債。真的，我只能那麼想。讓我懷上你的男人，還有幹部學校，都是專講大道理的，但我知道我肚子裡有了一個人的時候，我只知道，我又走上母親的道路了，她帶到這個世界上兩個沒有父親的孩子。我只能想，這是我的一份宿債。我的宿債讓我也犯這些不該犯的錯。我不該讓一個有妻子的男人在我身上播種，我不該跑到山上去尋找一個該由警察去尋找的和尚。

一生中第一次，膽巴靠在母親懷中流下淚來。

好孩子，你哭吧。從知道有了你那一天，我就告訴自己我要堅強，我也一直告訴一天天長大的你，要堅強。現在，你哭吧。

娥瑪也挪過身子，靠在阿媽斯烱懷中，哭了起來。

阿媽斯烱親吻媳婦的臉，嘗到了她潸然而下的淚水的味道。她說，知道嗎，我生膽巴的那一夜，他法海舅舅嚇壞了，跑到羊圈裡和他的羊群待在一起。我把膽巴生下來，我把他抱到床上，自己吃了東西，和他睡在一起。我看見他睜開眼睛看了一眼媽媽。那時，我就知道，我的生命真正開始了。我不能再犯一個錯了。不管我有沒有欠別人的宿債，我也不會再犯一次錯誤了。我那些話不是對神佛、對菩薩說的，我是對自己說的。現在我知道，我那些話是對的。我的兒子長大了，給我帶回來這麼好的媳婦，這麼漂亮的孫女。

阿媽斯烱突然轉了話頭，我死後，這座房子就沒人住了，就會一天天塌掉嗎？

膽巴說，等我退休了，就回來住在這裡。

阿媽斯烱高興起來，她笑了，我還要把蘑菇圈交給你，我要讓我的蘑菇圈認識我的親兒子。

那天晚飯，阿媽斯烱喝了酒。酒使她更加高興起來。她突然兀自笑起來，對兒媳婦說，你知道嗎？那年膽巴帶了劉元萱的女兒來過這座房子。我想，雷要劈樹了，當哥哥的想娶妹妹了。我對自己說，上天真要把我變成一個聽天由命的老太婆，讓我死去時都不能甘心嗎？

膽巴說，哦，阿媽斯烱，我那時只是可憐她。那麼多人討厭她，我就想要可憐她。他沒有說，他青春的肉體也曾熱烈渴望那種人們傳說中的放蕩風情。

阿媽斯烱揮揮手，阻止膽巴再說下去。她說，我能把蘑菇圈放心地交給你嗎？

膽巴說，我不會用耙子去把那些還沒長成的蘑菇都耙出來。以致把菌絲床都破壞了。

是啊，那些貪心的人用耙子毀掉了我一個蘑菇圈。

我也不會上山去盜伐林木，讓蘑菇圈失去陰涼，讓雨水沖走了蘑菇生長的肥沃黑土。

是啊，那些盜伐林木的人毀掉了我第二個蘑菇圈。我擔心的不是這個，我擔心你的合作社。阿媽斯烱對娥瑪說，你知道他想搞一個蘑菇合作社嗎？

我知道，那時我剛剛認識他。

你不能讓他搞這個蘑菇合作社。

膽巴想說什麼，但阿媽斯烱阻止了他。我要你聽我說，我不要你現在說話。我知道你的合作社不是以前的合作社。可是，你以為你把我的蘑菇圈獻出來人們就會被感動，就會阻止人心的貪婪？不會了。今天就是有人死在大家面前，他們也不會感動的。或者，他們小小感動一下，明天早上起來，就又忘記得乾乾淨淨了！人心變好，至少我這輩子是看不到了。也許那一天會到來，但肯定不是現在。我只要我的蘑菇圈留下來，留一個種，等到將來，它們的兒子孫子，又能漫山遍野。

膽巴告訴阿媽斯烱，如今，政府有了新的辦法來保護環境，城鎮化。這也是真的，膽巴副縣長正主抓的工作之一，就是把那些偏僻的和生態嚴重惡化的村莊的人們往新建的城鎮集中。把那些被砍光了樹的地方還給樹。把那些將被採光蘑菇的地方還給蘑菇去生長。

阿媽斯烱說，我老了，我不想知道你說的這些事。我一輩子都沒有弄懂過這個世界上的許多事，我只要你看護好我最後的蘑菇圈。

又過兩年。膽巴升職了，他去鄰縣當了縣長。他離家遠了。五百公里外，任職的那個縣和家鄉縣中間還隔著一個縣。隔一段時間，他都要接母親來住一段時間。每回，阿媽斯烱都住不長。冬天，她說，天哪，再不回去，這麼大的雪要把我院子的柵欄壓壞了。春天，她說，再不回去，那些蕁麻會長滿院子，封住我家門了。更不要說松茸季快到的秋天，天哪，我想它們了。孫女問，奶奶的它們是誰？阿媽斯烱說，奶奶的它們是那些蘑菇，它們高高興興長出來，可不想爛在泥巴裡，把自己也變成泥巴。

瞻巴縣長只好派車送她回去。

二〇一三年，瞻巴再次升職，這回是另一個自治州的副州長了。這回，中間隔了五個縣，一千多公里了。阿媽斯烱說，天哪，你非得隔我越來越遠嗎？瞻巴說，不是我隔你越來越遠，是世界變小了。阿媽斯烱說，哦，那不是越來越擁擠了嗎？阿媽斯烱問孫女，就是因為這個緣故，你才嚷嚷著要去美國念書嗎？哦，你去吧，一個老太婆怎麼攔得住這個變小的世界啊。孫女說，我就是想看這個世界有多大！

阿媽斯烱說，哦，你爸爸可不是這樣說的，他說這個世界變小了。

孫女說，爸爸騙你的，世界很大。

哦，他總是胡說什麼世界變小了。哦，這一次他沒有騙我，我知道，人在變大，只是變大的人不知道該如何放置自己的手腳，怎麼對付自己變大的胃口罷了。只是，我跟不上趟，我還要活在自己的世界裡。說完這些話，阿媽斯烱起身回家。

是的，這是二〇一三年，氣勢浩大的夏天將要過去，風已經開始變得涼爽，這是說，初秋，也就是一年一度熱鬧的松茸季又要來到了。

離村口遠遠的，阿媽斯烱就下了車，提著她的柳條籃子往村裡走。她不想讓村裡人看見她是坐著官車回來的。她過了橋，手扶著橋上的欄杆時，摸到了溫暖的陽光。她走過村裡的麥田。現在的麥子不是當年的麥子，這些麥子都是新推廣的良種，植株低矮，穗子飽滿沉重。沒有風。她身上寬大的袍子和手裡籃子碰到了那些深深下垂的飽滿麥穗，窸窣作響。

在村口的核桃樹下，她小坐一陣，她仰臉對著藍色的深空說，天哪，我愛這個村子。

還沒走到家門口，她就聞到了陣陣濃烈的青草的味道。

她熟悉這種味道。那是很久很久以前，沒有公路以前的年代，她還是小姑娘的年代。村子裡還有驛道穿過，村東頭還有條小街和幾家店鋪的年代。她在吳掌櫃家幫傭，替來往的馬幫準備飼草。鐮刀下的青草散發出來的就是這種味道。還有就是機村那個饑荒年，人們收割沒有結穗的麥草時的味道。現在，鼻腔裡充滿的這種味道讓她停下腳步，身子倚在院牆邊，阿媽斯烱對自己說，我是不是要死了。

她聽見一個聲音說，還不到時候呢。

她說，那我怎麼聞見了以前的味道。

阿媽斯烱推開院門，見到的是村子裡兩個野小子，現在卻彎腰在她的院子中，揮動鐮刀刈除她不在的這一個多月院子裡長滿的荒草。牛耳大黃、蕁麻和苦艾。就是那些被割倒的草，在陽光下散發出強烈的味道。

這兩個野小子幾次跟蹤她，想發現她的蘑菇圈，這會兒，他們直起腰來對著她傻笑。

阿媽斯烱說，壞小子，你們就是替我蓋一座房子，我也不會帶你們去想去的地方。

這時自己家的樓上有人叫她，阿媽斯烱！是我，我來看你來了！

恍若是當年工作隊在時的情形，從樓上窗口，露出一張白花花的臉。上樓的時候，阿媽斯烱嘀咕說，哪有來探望人的人先進了家門！她的頭剛升上樓梯口，便手扶欄杆停下來，要看看是誰如此自作主張。那個人已經在屋裡生起了火，此時正背著光站在窗口，讓阿媽斯烱看不清臉。阿媽斯烱說，主人不在，得是我們家的鬼，才能隨便進出這所房子呢。

那人迎上來，說，阿媽斯烱，我們正是一家人啊。

這回，阿媽斯烱看清了，這是個女人。一個鬆鬆垮垮的身子，一張緊繃繃亮錚錚的臉，你是誰？

你記不得我了，我跟膽巴哥哥來過你家，我是丹雅！

阿媽斯烱不知道自己脾氣為何這般不好，她聽見自己沒好氣地說，哦，那時你可是沒把他當成哥哥。

丹雅笑起來，是啊，那時我爸爸都嚇壞了。

阿媽斯烱坐下來，口氣仍然很衝，這回，你是為我的蘑菇圈來的吧。

丹雅搖搖手，有很多人為了蘑菇圈找你嗎？

沒有很多人，可來找我的，都是想打蘑菇圈的主意！

丹雅說，我要跟你老人家說說我自己，我不是以前那個男人們白天厭惡，晚上又想得不行的女人了，我現在是自己公司的董事長和總經理。

阿媽斯烱說，哦，我大概知道總經理是幹什麼的，可董事長是個什麼東西？

董事長專門管總經理。

阿媽斯烱笑了，姑娘，你自己管自己？好啊，好啊，女人就得自己管好自己，不是嗎？

得了，阿媽斯烱，你老人家就不能對我好一點嗎？我是你兒子的親妹妹！也許你恨我們的爸爸，可他已經死了。

阿媽斯烱沉默，繼之以一聲嘆息，可憐的人，我們都會死的。

你要死了，蘑菇圈怎麼辦？我知道你會怎麼說，交給膽巴照顧。他照顧不了你的蘑菇圈，他的官會越當越大，他會忘記你的蘑菇圈。

阿媽斯烱像被人擊中了要害，一時說不出話來。

丹雅說，阿媽斯烱，你知道什麼最刺激男人嗎？哦，你是個大好人，大好人永遠不懂得男人，他們年輕時愛女人，以後愛的就是當官了。你的兒子，我的膽巴哥哥也是一樣。

阿媽斯烱生氣了，那就讓它們在山上吧。以前，我們不認識它們，不懂得拿它們換錢的時候，它們不就是自己好好在山林裡的嗎？

我的公司正在做一件事情，以後，它們就不光是在山林裡自生自滅，我要把它們像莊稼一樣種在地裡。

丹雅帶著阿媽斯烱坐了幾十公里車去參觀她的食用菌養殖基地。塑料大棚裡滿是木頭架子。木頭架子上整齊排列的塑料袋裝滿了土，還有各種肥料。工人在那些塑料袋上用木籤扎孔，把菌種，也就是廣口玻璃瓶中的灰色菌絲用新的木籤扎進袋子裡。

阿媽斯烱說，丹雅，你的孢子顏色好醜啊！

孢子？什麼是孢子？

阿媽斯烱帶一點厭惡的表情，指著她的菌種瓶，就是這個東西。

這是菌種！我親哥的媽媽！

孢子，總經理姑娘，它們的名字就是孢子。我的蘑菇圈裡，這些孢子雪一樣的白，多麼潔淨啊。

好了，你說看起來乾淨就行了。

潔淨不是乾淨，潔淨比乾淨還乾淨。

你真是一個自以為是的老太太。

我都要死的人，還不能自以為是一下？

丹雅說，阿媽斯烱我喜歡你。

哦，可你還沒有讓我喜歡上你。

在另一個塑料大棚中，阿媽斯烱看到了那些木頭架子上的蘑菇。那是一簇一簇的金針菇。看上去，白裡微微透著黃，真是漂亮。

可阿媽斯烱並不買賬。她說，蘑菇怎麼會長成這種奇怪的樣子。沒有打開時，像一個戴著帽子的小男孩，打開了，像一個打著雨傘的小姑娘，那才是蘑菇的樣子。

丹雅帶阿媽斯烱到另一個長滿香菇的架子跟前，它們像是蘑菇的樣子了吧。

哦，腿這麼短的小夥子，是不會被姑娘看上的。

封閉的大棚裡又熱又悶，阿媽斯烱說，好蘑菇怎麼能長在這樣的鬼地方，我要透不過氣來了。

丹雅扶著阿媽斯烱來到大棚外面。棚子外面，一條溪流在柳樹叢中歡唱奔流。阿媽斯烱在溪邊洗了一把臉，又上車回機村。那天晚上，丹雅就住在了阿媽斯烱家。晚上，丹雅問阿媽斯烱恨不恨爸爸。阿媽斯烱搖頭，恨一個死人是罪過。

我是說他活著的時候。

阿媽斯烱猶疑一陣，說，要是恨他，我自己就活不成了。

那你愛過他嗎？

阿媽斯烱一點都不猶豫，沒有。

那天夜晚，同一個屋頂下的兩個女人都沒有睡好。早上，丹雅起床的時候，火塘邊壺裡的茶開著，卻沒有人。她洗漱化妝，在一面小鏡子中端詳自己的時候，阿媽斯烱上樓來了。她說，昨晚我夢見新鮮蘑菇長出來了。上山去，它們真的長出來了。阿媽斯烱打開一張驢蹄草翠綠的葉子，露出來這一年最早出土的兩朵松茸。修長的柄，頭盔樣還沒有打開的傘。頂上沾著幾絲苔蘚，腳上沾著一點泥土。

瞧瞧，它們多麼漂亮！阿媽斯烱打開這些葉片，亮出她的寶貝時，神情莊重，姿勢有點誇張。

丹雅說，知道嗎，阿媽斯烱，你這樣有點像電影裡的外國老太婆。

阿媽斯烱聽得出來她語含譏諷。她說，我看過電影，看到過有點裝腔作勢的外國老太婆，姑娘，那是一個人的體面。

幾隻蘑菇如何讓一個人變得體面？

姑娘，不要笑話人。一個人可以自己軟弱，看錯人、做錯事，這沒什麼，神佛會饒恕，因為犯錯的人自己嚥下了苦果。可是一個人要是笑話人、輕賤人，那是真正的罪過。鄉下老太婆也不全是你電視裡看到那種哭哭啼啼，悲苦無告的樣子！

丹雅被這幾句話震住了，她臉上掛著難堪的笑容，說，真像電影裡的人在說話，那些外國老太婆。

中國老太婆就不會說人話？哦，姑娘，你真像是那該死的工作組長，自以為是，目中無人。我看到那個該死的人把這些不好的東西都傳到了你身上了。

這句話把丹雅震住了。她無話可說，打開化妝盒往臉上刷粉，她停不下手，以至於臉上再也掛不住，都灑落在她衣服前襟和暴露的胸脯上了。

阿媽斯烱開始做早餐，她調上麵糊，把新鮮蘑菇切成片，攪和在裡面，然後，在化了新鮮酥油的平底鍋裡滋滋攤開。她說，這是孫女和她一起研究出來的食譜。對，她還是你的親侄女呢。你的親侄女說，這叫機村披薩。

我的親侄女，機村披薩？

別往臉上塗那些東西了。灰塵能遮住什麼？風一吹，雨一淋，什麼都露出來了。坐下來吃飯吧。

丹雅坐下來，和阿媽斯烱一樣細嚼慢嚥。然後，她發出了由衷的讚歎。

這一次，丹雅在阿媽斯烱家待了三天。她沒有談生意上的事情，就是吃各種做法的松茸，以及種種不那麼值錢的蘑菇。

二〇一四年，新的蘑菇季到來的時候，村裡的道路拓寬了，還新鋪了硬化的水泥路面。這使得丹雅可以一直把小汽車開到阿媽斯烱院子門口。這回，丹雅還帶來了膽巴的繼任者，新任的縣長。

新縣長說，我終於見到名聲遠揚的蘑菇圈大媽了。

丹雅說，阿媽斯烱，我對縣長說過你的機村披薩是如何美味了。

縣長說，不知道我有沒有這個口福。

阿媽斯烱不知道自己為什麼會心裡不痛快，她說，這回是不行了，今年雨水少，新鮮蘑菇要遲到了。

丹雅說，我們看到村裡已經在收購松茸了。

阿媽斯烱說，那是別人的，著急的人會把沒長成的松茸從土裡刨出來，反正今年我的松茸是遲到了。

丹雅對縣長說，縣政府該下個文件，命令蘑菇不准遲到。

縣長站起身，既然來了，就四處去看看，看看縣政府的文件裡該寫些什麼？

丹雅和新縣長下了樓，阿媽斯烱站在窗口，看見院子裡已經聚了好多人，這些人是鄉政府的幹部，和村裡的幹部。一群人跟在縣長和丹雅後面，出了院子，穿過村子，上山去了。這些人一直在半山上逛來逛去，中午到了也沒有下山。只有丹雅和村幹部下山來了。村幹部弄了午飯送上山去，丹雅就在阿媽斯烱家休息。她穿著硬邦邦的皮鞋，在山上走得把腳磨破皮了。

阿媽斯烱問丹雅，她弄這麼一干人到山上去幹什麼。

丹雅說，他們來找你的蘑菇圈。

阿媽斯烱弄不準她是認真的，還是只是一句玩笑話。但她心想，我的蘑菇，誰也找不見。她說，我知道，你們就是不肯死心，還要弄那個該死的合作社。

丹雅笑了，你的親兒子都搞不成的事，我還敢想？我不搞什麼合作社，我不搞什麼公司加農戶，這都是些小打小鬧的小生意，我要做的是大生意，大事情。

你真的不是來打我那些蘑菇主意的。

阿媽斯烱啊，你說說，你那些蘑菇一年能掙幾個錢？

幾個錢？兩萬多塊是幾個錢？

阿媽斯烱啊，如今我要掙的是一百個兩萬，我想掙的是一千個兩萬。

我們這山上哪有你想要的那麼多錢。

丹雅很得意，真正的大錢都不是一樣一樣買東西掙來的。會掙的，不掙那種辛苦錢。如今發大財的，都不是掙辛苦錢的人。阿媽斯烱，時代不同了！

阿媽斯烱說，時代不同了，時代不同了，從你那個死鬼父親帶著工作組算起，沒有一個新來的人不說這句話。可我沒覺得到底有什麼不同了。

丹雅列舉種種新事物，從公路到電話，到電視機，到汽車，到松茸和羊肚菌都能賣到以前百倍的價錢，她說，你真的沒有看到這些變化嗎？

我只想問你，變魔法一樣變出這麼多新東西，誰能把人變好了？阿媽斯烱說，誰能把人變好，那才是時代真的變了。

丹雅說，這樣的時代真的要到來了。電腦，你知道嗎，電腦。

阿媽斯烱說，我孫女，那麼漂亮的女孩子，先是到別人菜園子裡偷菜，後來乾脆在上面殺人！

這麼跟你說吧，將來把縮小的電腦裝在人腦子裡，叫他做什麼他就做什麼，叫他想什麼他就想什麼！

阿媽斯烱笑起來，你的話有點像那些自詡法力無邊的喇嘛了！

那麼，還是說說你的蘑菇圈吧。

對了，這才是你，說到底還是在打我蘑菇圈的主意了。

我不要你的蘑菇圈，我要做的這件事，有時需要借用一下你的蘑菇圈。阿媽斯烱，容我把話說完。我只是借你的蘑菇圈用一下，不要你一朵蘑菇。

借用？一個搬不動的蘑菇圈，怎麼借用？

我現在還不能告訴你。今年我還用不上，或許，明年我就用得上了。也許，到你死的時候，我還用不上呢。這只是我的一個創意，一個想法。

阿媽斯烱鬆了口氣，那就等我老太婆死了以後吧。

丹雅說，你真想死的話，死前我們娘倆得簽個協議，你死後，我有蘑菇圈的使用權。

阿媽斯烱說，你們連死人都不肯放過啊！

丹雅說，聽膽巴說，你給孫女存了一筆錢，可以告訴我有多少嗎？

我不告訴你，反正夠她上大學了。

我猜猜，你自己說了，你的蘑菇圈一年能掙兩萬多塊錢，現在有二十萬？三十萬？你的孫女也是我的侄女，我的親侄女。她想的是到外國上大學，美國、英國、法國，都是最先進的國家。阿媽斯烱啊，你那點錢，要是在外國，交一年的學費花光了！你知道在外國念大學要多少年?!

阿媽斯烱說，我不知道。

如果讀到博士，要十年！

那她年輕的時候，除了讀書，什麼都不幹？

這時，縣長一行從山上下來，丹雅便不想再跟阿媽斯烱交談，要去迎縣長了。臨走，丹雅還對阿媽斯烱說，想想我說的話。

阿媽斯烱生氣了，我不准你打我蘑菇圈的主意。

丹雅也拉下臉來，你的蘑菇圈？阿媽斯烱，山是你的嗎？那是國家的。國家真要，你攔得住嗎？

這句話弄得阿媽斯烱憂心忡忡。

整個蘑菇季，丹雅沒有再出現，國家也沒有來宣布這座山的權屬。但村子裡已經在傳說，機村山上盛產松茸的櫟樹林將要被圈起來。圈起來幹什麼？機村人當然記得，多年前，寶勝寺在膽巴的幫助下，把寺院後山圈起來，封山育林，寺院靠這個壟斷了山上的松茸資源。其實，丹雅的公司要做的是一個機村人和其他人都不太懂的項目。這個項目叫作野生松茸資源保護與人工培植綜合體。這些字明明白白寫在丹雅公司送給縣政府的策劃書上。但人們都說不好這個複雜的新詞句，自然也無從討論這件事情。這好比一個人不在場，人們又弄不清他的名字，那麼，人們怎麼可能聚在一起議論一個人呢？

再者說，這件事情在二〇一四年並未付諸行動，因為這個綜合體還只是丹雅公司弄出來的一個策劃案。這個方案要得到政府的審批，審批後更需要申請國家農業口的扶持資金，以及銀行貸款。這個綜合體項目的實施，就算是一切順利，也要等到二〇一五年或者二〇一六年。或者，永遠也不會實現。松茸的人工培植，在世界範圍內都還沒有實現。在丹雅的設計中，她是要把這個阿媽斯烱的蘑菇圈圈在她的綜合體內。二〇一五年或二〇一六年，她就要帶著政府和銀行的官員來參觀正在生長野生松茸的蘑菇圈。那時，她要當場宣布，丹雅公司已經成功在野外條件下人工培植松茸成功，等到技術成熟穩定後，就要進行面對市場的批量化生產。

那時，丹雅公司就不愁籌不到大筆的資金，等這些資金到手，她就可以壟斷區域性的松茸市場，不但如此，她還可以把用不完的錢投到更賺錢的生意上面。

阿媽斯烱，以至全機村沒人能弄得懂這麼複雜的生意經，所以，蘑菇季到來的時候，他們還是按照慣常的方式爭先恐後上山採松茸，同時看到政府幹部和丹雅公司的人在山上勘測，用儀器測量，畫線打樁。

要是把這些標了一個個號碼的木樁用鐵絲連接起來，幾乎把機村能生松茸的地方都包括在內了。

機村人開玩笑說，阿媽斯烱啊，這個蘑菇圈可比你的蘑菇圈大多了！

阿媽斯烱說，我年紀大了，要真滿山都種滿了松茸，我也就不用上山了。

你上不動山的時候，會把你的蘑菇圈告訴我們嗎？

阿媽斯烱堅決搖頭，不，等你們把所有蘑菇都糟蹋完了，我的蘑菇圈就是給這座山留下的種。

鄉親們不便反駁，因為他們知道，再這樣下去，再過些年，也許滿山就只剩下阿媽斯烱的蘑菇圈裡還有松茸在生長了。

他們自己解嘲說，我們不操這個心，也許沒有了松茸的時候，這山上又有什麼別的東西值錢了呢？

阿媽斯烱搖手，那就祈禱老天爺不要讓我活到那一天。

蘑菇季快結束的時候，阿媽斯烱拿起手機，她想要給膽巴打個電話。她要告訴兒子，自己腿不行了，明年不能再上山到自己的蘑菇圈跟前去了。她發現，這一回，跟她年輕時處於絕望的情境中的情形大不相同。心裡有些悲傷，但不全是悲傷。心裡有些空洞，卻又不全是空洞。

兩個小時前，她從山上下來的時候，連摔了幾跤。不是在雨後泥濘的傾斜的山道上不小心滑倒，也不是在草坡上被那些糾纏的草棵絆倒，是她的老腿沒有力量支撐得住自己的身子而倒下的。倒下後，她也沒有力氣馬上讓自己站起身來，或是護住柳條筐中的松茸。她眼睜睜地看著傾倒的筐子中，松茸一隻隻滾出了筐子，滾下山坡。當她掙扎著站起身來，收撿那些四散開去的松茸時，又一次次感到膝蓋發痠發軟，終於又癱倒在地上。阿媽斯烱倒在草地上，她支撐起身子後，雨後的太陽出來了，照耀著近處的櫟樹和杉樹和柳樹，照著遠山上連成一片的樹，滿眼蒼翠。而在這空濛的蒼翠之上，還橫著一條豔麗的彩虹。她聽見自己說，斯烱啊，這一天到來了。

阿媽斯烱在山坡上休息了很久時間，然後終於還是把那些失落的松茸撿回到筐子裡，回到了家裡。她又花了很多時間，才把自己身上弄乾淨了。這才拿起了手機。

這支手機是膽巴買了專門留給她的。

她從來只是在兒子，或者兒媳，或者孫女打來的電話時，在叮叮噹噹的響亮的音樂聲中拿起電話，和他們說話。也就是說，阿媽斯烱不知道怎麼用手機往外打電話。夕陽西下時分，她拿著手機出了門，在村道上遇到一個人，她就拿出手機，幫忙給膽巴打個電話，我要跟他說話。

人家說，阿媽斯烱啊，我們沒有膽巴的電話號碼。

直到在村委會遇見村長，這才讓人家幫著把電話打通了。

她說，膽巴呀，看來我要把蘑菇圈永遠留在山上了。

膽巴很焦急，阿媽生病了嗎？

阿媽斯烱覺得自己眼睛有些濕潤，但她沒有哭，她說，我沒有病，我好好的，我的腿不行了，明年，我不能去看我的蘑菇圈了。

阿媽斯烱，你不要傷心。

兒子，我不傷心，我坐在山坡上，無可奈何的時候，看見彩虹了。

阿媽斯烱聽見膽巴說話都帶出了哭聲，他說，阿媽斯烱，我的工作任務很重，我離不開我的崗位，不能馬上來看你！你到兒子這兒來吧！

阿媽斯烱因此很驕傲，她關掉電話，說，我有個孝順兒子，我一說我的腿不行了，他就哭了。她從村委會出來，慢慢走回家去，一路上，她遇到的五個人，她都說，我對膽巴說我的腿不行了，膽巴是個孝順兒子，他都哭起來了。

第二天，丹雅就上門了。

丹雅帶了好多好吃的東西，阿媽斯烱，我替膽巴哥哥看望你老人家來了。膽巴哥哥讓我把你送到他那裡去。

阿媽斯烱說，我哪裡也不去，我只是再也不能去我的蘑菇圈了。

丹雅說，那麼讓我替你來照顧那些蘑菇吧。

阿媽斯烱說，你怎麼知道如何照顧那些蘑菇？你不會！

丹雅說，我會！不就是坐在它們身邊，看它們如何從地下鑽出來，就是耐心地看著它們慢慢現身嗎？

阿媽斯烱說，哦，你不知道，你怎麼可能知道！

丹雅說，我知道，不就是看著它們出土的時候，嘴裡不停地喃喃自語嗎？

阿媽斯烱說，天哪，你怎麼可能知道！

丹雅說，科技，你老人家明白嗎？科學技術讓我們知道所有我們想知道的事情。

阿媽斯烱說，你不可能知道。

丹雅問她，你想不想知道自己在蘑菇圈裡的樣子？

阿媽斯烱沒有言語。

丹雅從包裡拿出一臺小攝像機，放在阿媽斯烱跟前。一按開關，那個監視屏上顯出一片幽藍。然後，阿媽斯烱的蘑菇圈在畫面中出現了。先是一些模糊的影像。樹，樹間晃動的太陽光斑，然後，樹下潮潤的地面清晰地顯現，枯葉，稀疏的草棵，苔蘚，盤曲裸露的樹根。阿媽斯烱認出來了，這的確是她的蘑菇圈。那塊緊靠著最大櫟樹幹的岩石，表面的苔蘚因為她常常坐在上面而有些枯黃。現在，那個石頭空著。一隻鳥停在一隻蘑菇上，它啄食幾口，又抬起頭來警覺地張望四周，又趕緊啄食幾口。如是幾次，那隻鳥振翅飛走了。那隻蘑菇的菌傘被啄去了一小半。

丹雅說，阿媽斯烱你眼神不好啊，這麼大朵的蘑菇都沒有採到。她指著畫面，這裡，這裡，這麼多蘑菇都沒有看到，留給了野鳥。

阿媽斯烱微笑，那是我留給牠們的。山上的東西，人要吃，鳥也要吃。

下一段視頻中，阿媽斯烱出現了。那是雨後，樹葉濕淋淋的。風吹過，樹葉上的水滴簌簌落下。阿媽斯烱坐在石頭上，一臉慈愛的表情，在她身子的四周，都是雨後剛出土的松茸。鏡頭中，阿媽斯烱無聲地動著嘴巴，那是她在跟這些蘑菇說話。她說了許久的話，周圍的蘑菇更多，更大了。她開始採摘，帶著珍重的表情，小心翼翼地下手，把採摘下來的蘑菇輕手輕腳地裝進筐裡。臨走，還用樹葉和苔蘚把那些剛剛露頭的小蘑菇掩蓋起來。

看著這些畫面，阿媽斯烱出聲了，她說，可愛的可愛的，可憐的可憐的這些小東西，這些小精靈。她說，你們這些可憐的可愛的小東西，阿媽斯烱不能再上山去看你們了。

丹雅說，膽巴工作忙，又是維穩，又是牧民定居，他接了你電話馬上就讓我來看你。

阿媽斯烱回過神來，問，咦，我的蘑菇圈怎麼讓你看見了？

丹雅並不回答。她也不會告訴阿媽斯烱，公司怎麼在阿媽斯烱隨身的東西上裝了GPS，定位了她的祕密。她也不會告訴阿媽斯烱，定位後，公司又在蘑菇圈安裝了自然保護區用於拍攝野生動物的攝像機，只要有活物出現在鏡頭範圍內，攝像機就會自動開始工作。

阿媽斯烱明白過來，你們找到我的蘑菇圈了，你們找到我的蘑菇圈了！

如今這個世界沒有什麼是找不到的，阿媽斯烱，我們找到了。

阿媽斯烱心頭濺起一點憤怒的火星，但那些火星剛剛閃出一點光亮就熄滅了。接踵而至的情緒也不是悲傷，而是面對一個完全陌生的世界那種空洞的迷茫。她不說話，也說不出什麼話來。

只有丹雅在跟她說話。

丹雅說，我的公司不會動你那些蘑菇的，那些蘑菇換來的錢對我們公司沒有什麼用處。

丹雅說，我的公司只是借用一下你蘑菇圈中的這些影像，讓人們看到我們野外培植松茸成功，讓他們看到野生狀態下我公司種植的松茸在野外怎樣生長。

阿媽斯烱抬起頭來，她的眼睛裡失去了往日的亮光，她問，這是為什麼？

丹雅說，阿媽斯烱，為了錢。那些人看到蘑菇如此生長，他們就會給我們很多很多錢。

阿媽斯烱還是固執地問，為什麼？

丹雅明白過來，阿媽斯烱是問她為什麼一定要打她蘑菇圈的主意。

丹雅的回答依然如故，阿媽斯烱，錢，為了錢，為了很多很多的錢。

阿媽斯烱把手機遞到丹雅手上，我要給膽巴打個電話。

丹雅打通了膽巴的電話，阿媽斯烱劈頭就說，我的蘑菇圈沒有了。我的蘑菇圈沒有了。

電話裡的膽巴說，過幾天，過幾天，我請假來接你。

過幾天，膽巴沒有來接她。

膽巴直到冬天，最早的雪下來的時候，才回到機村來接她。離開村子的時候，汽車緩緩開動，車輪壓得路上的雪咕咕作響。阿媽斯烱突然開口，我的蘑菇圈沒有了。

膽巴摟住母親的肩頭，阿媽斯烱，你不要傷心。

阿媽斯烱說，兒子啊，我老了我不心傷，只是我的蘑菇圈沒有了。

三隻蟲草

1

海拔三千三百米。

寄宿小學校的鐘聲響了。

桑吉從淺丘的頂部回望鐘聲響起的地方。那是鄉政府所在地。二、三十幢房子散落在窪地中央。三層樓房的是鄉政府。兩層的曲尺形樓房是他剛剛離開的學校。

這是二〇一四年五月初始的日子，空氣濕潤起來。在剛剛過去的那個冬天，鼻子裡只有冰凍的味道，風中塵土的味道。現在充滿了他鼻腔的則是融雪散布到空氣中的水氣的味道。還有凍土甦醒的味道。還有，剛剛露出新芽的青草的味道。

這是高海拔地區遲來的春天的味道。

第一遍鐘聲中，太陽露出了雲層。天空、起伏的大地和蜿蜒曲折的流水都明亮起來。第一遍鐘聲叫預備鈴。預備鈴響起時，桑吉彷彿看見，女生們早就安安靜靜地坐在教室了。男生們則從宿舍，從操場，從廁所，從校門外開始向著樓上的教室奔跑。衣衫振動，合腳的不合腳的鞋子噗噗作響。男生們喜歡這樣子奔跑，喜歡在樓梯間和走廊上推搡、碰撞，擁擠成一團跑進教室，這些正在啟蒙中孩子喜歡大喘著氣，落坐在教室裡，小野獸一樣，在寒氣清冽的早晨，從嘴裡噴吐出陣陣白煙。

等到第二遍鈴聲響起時，教室安靜下來，只有男孩們劇烈奔跑後的喘息聲。

第三遍鐘聲響起來了，這是正式上課的鈴聲。

多布杰老師或是娜姆老師開始點名。

從第一排中間那桌開始。

然後是左邊，然後右邊。

然後第二排，然後第三排。

桑吉的座位在第三排正中間。和羞怯的女生金花在一起。

現在，點名該點到他了。今天是星期三，第一節是數學課。那麼點名的就該是娜姆老師。娜姆老師用她甜美的、聽上去總是有些羞怯的聲音念出了他的名字：「桑吉。」

沒有回答。

娜姆老師提高了聲音：「桑吉！」

桑吉似乎聽到同學們笑起來。明明一抬眼就可以看見第三排中間的位置空著，她偏把頭埋向那本點名冊，又念了一遍：「桑吉！」

桑吉此時正站在望得見小學校，望得見小學校操場和紅旗的山丘上，對著水氣芬芬的空氣，學著老師的口吻：「桑吉！」

然後，他笑起來：「對不起，老師，桑吉逃學了！」

此時，桑吉越過了丘崗，往南邊的山坡下去幾步，山坡下朝陽處的小學校和鄉鎮上那些房屋就從他眼前消失了。他開始順著山坡向下奔跑。他奔跑，像草原上的很多孩子一樣，並不是有什麼急事需要奔跑，而是為了讓柔軟的風撲面而來，為了讓自己像一隻活力四射的小野獸一樣跑得呼哧呼哧地喘著粗氣。春天裡，草坡在腳底下已經變得鬆軟了，有彈性了。很像是地震後，他們轉移到省城去借讀時，那所學校裡的塑膠跑道。

腳下出現了一道半米多高的土坎，桑吉輕鬆地跳下去了。那道坎是犛牛們磨角時挑出來的。

他跳過一叢叢只有光禿禿的堅硬枝幹的雪層杜鵑，再過幾天，它們就會綻放新芽，再有一個月，它們就會開出細密的紫色花朵。

挨著杜鵑花叢是一小片殘雪，他聽見那片殘雪的硬殼在腳下破碎了。然後，天空在眼前旋轉，那是他在雪上滑倒了。他仰身倒下，耳朵聽到身體內部的東西振盪的聲音。他笑了起來，他學著同學們的聲音，說：「老師，桑吉逃學了。」

老師不相信。桑吉是最愛學習的學生。桑吉還是成績最好的學生。

老師說：「他是不是病了？」

「老師，桑吉聽學校今年不放蟲草假，就偷跑回家了。」

本來，草原上的學校，每年五月，都是要放蟲草假的。挖蟲草的季節，是草原上的人們每年收穫最豐厚的季節。按慣例，學校都要放兩週的蟲草假，讓學生們回家去幫忙。如今，退牧還草了，保護生態了，搬到定居點的牧民們沒那麼多地方放牧了。一家人的柴火油鹽錢，向寺院做供養的錢，添置新衣裳和新家具的錢，供長大的孩子到遠方上學的錢，看病的錢，都指望著這短暫的蟲草季了。桑吉的姊姊在省城上中學，父親和母親都怨姊姊把太多的錢花在打扮上了。而桑吉在城裡的學校借讀過，他知道，姊姊那些花費都是必須的。她要穿裙子，還要穿褲子。穿裙子和穿褲子還要搭配不同樣的鞋。皮的鞋，布的鞋，塑料的鞋。

寒假時，姊姊回家，父親就埋怨她把幾百塊錢都花在穿著打扮上了。

父親還說了奶奶的病，弄得姊姊愧疚得哭了。

那時，桑吉就對姊姊說了：「女生就應該打扮得花枝招展。」

姊姊笑了，同時伸手打他：「花枝招展，這是貶義詞！」

桑吉翻開詞典：「上面沒說是貶義詞。」

「從人嘴裡說出來就是貶義詞。」

桑吉合上詞典：「這是好聽又好看的詞！」

父母聽不懂兩姊弟用學校裡學來的漢語對話。

用紡錘紡著羊毛線的母親笑了：「你們說話像鄉裡來的幹部一樣！」

為桑吉換靴底的父親說：「當幹部招人恨，將來還是當老師好。」

桑吉說：「今年蟲草假的時候，我要掙兩千元。一千元寄給姊姊，一千元給奶奶看醫生！」

奶奶不說話。

病痛時不說話，沒有病痛時也不說話。

聽了桑吉的話，她高興起來，還是不說話，只是咧著沒牙的嘴，笑了起來。

但是，快要放蟲草假的時候，上面來了一個管學校的人，說：「蟲草假，什麼蟲草假！不能讓拜金主義把下一代的心靈玷污了！」

於是，桑吉的計畫眼看著就要化為泡影了。不能兌現對姊姊和奶奶的承諾，他就成了說空話的人了。

所以，他就打定主意逃學了。

所以，他就在這個早上，在上學的鐘聲響起之前，跑出了學校。

鐘聲，他想，沒有我，還沒有這個鐘聲呢。

原來，學校上課下課是搖一個銅鈴鐺。當鄉鎮上來過了一輛收破爛的小卡車後，那只鈴鐺就從學校裡消失了。那個銅鈴鐺被校長和值日老師的手磨得鋥亮的把手上還繫著一段紅穗子，平常就放在校長辦公室的窗臺上。夏天的早上上面會結著露珠，深秋和初春的早上會結著薄霜。冬天，上面什麼也沒有，只是光澤都被嚴寒凍得喑啞了。

那輛收破爛的小卡車來過又消失，那只銅鈴鐺就消失了。

大家吱吱喳喳地傳說，是一個手腳不乾淨的同學幹的。

傳說他用銅鈴鐺換來的錢在網吧玩了一個通宵的遊戲。他在電腦屏幕打死了很多怪獸，打下了很多樣子古怪的飛機。

聽說老師們還專門開了一個會，討論要不要把這個傢伙找出來。後來，還是校長說：「孩子，一個孩子，這種事還是不了了之吧。」

校長去了一趟縣城，看自己的哮喘病，順便從縣教育局帶回了一只電鈴。電鈴接上電線，安裝在校長室的門楣上。從屋裡一摁開關，叮鈴鈴的聲音就響起來。急促，快速，誰去開它都一樣。不像原來的鈴聲，在不同的老師手上，會搖出不同的節奏：

叮——噹！叮——噹！或：叮叮——噹噹！叮叮——噹噹！

不承想，電鈴怕冷，零下二十多度的冬天裡，響了幾天，就再也發不出聲音了。

桑吉和澤仁想起了公路邊雪中埋著的一個廢棄的汽車輪胎，他們燃了一堆火，把上面的橡膠燒掉，把剩下半輪斷裂的鋼圈，弄回來掛在籃球架上，這就是現在小學的鐘了。一棍子敲上去，一聲響亮後，還有嗡嗡的餘音迴蕩，像是群蜂快樂飛翔。

放寒假了，鋼圈還是掛在籃球架上。

那個縣城裡叫作破爛王的人又開著他的小卡車來過兩三趟，這鋼圈還是掛在籃球架上。

桑吉把這事講給父親聽。

父親說：「善因結善果，你們有個好校長。」這個整天待著無所事事的前牧牛人還因此大發議論，說，如今壞人太多，是因為警察太多了。父親說：「壞人可不像蟲草，越挖越少。壞人總是越抓越多。壞的東西和好的東西不一樣，總是越找越多。」

桑吉把父親的話學給多布杰老師聽。老師笑笑：「奇怪的哲學。」

桑吉問：「奇怪的意思我知道，什麼是哲學？」

老師說：「這個我也不知道。」

桑吉很聰明：「我知道，這個不知道是說不出來的知道，不是我這種不知道。」

老師被這句話感動了，摸摸他的頭：「很快的，很快的，我就要教不了你了。」

多布杰老師平常穿著軍綠色的夾克，牛仔褲上套著高腰軍靴，配上絡腮鬍子，很硬朗的形象，說這話時眼裡卻有了淚花。

他那樣子讓娜姆老師大笑不止，飽滿的胸脯晃動跳盪。

現在，桑吉卻在逃離這鐘聲召喚。

奔跑中，他重重地摔倒在一灘殘雪上，仰身倒地時，胸腔中的器官都振盪了，腦子就像籃球架上的鋼圈被敲擊過後一樣，嗡嗡作響。

桑吉慶幸的是，他沒有咬著自己的舌頭。

然後，他側過身，讓臉貼著冰涼的雪，這樣能讓痛楚和腦子裡嗡嗡的蜂鳴聲平復下來。

這時，他看見了這一年的第一隻蟲草！

2

其實，桑吉還沒有在野地裡見過活的蟲草。

但他知道，當自己側過身子也側過腦袋時，豎立在眼前的那一棵小草，更準確地說是豎立在眼前那一隻嫩芽就是蟲草。

那是怎樣的一棵草芽呀！

它不是綠色的，而是褐色。因為從內部分泌出一點點黏稠的物質而顯得亮晶晶的褐色。

半個小拇指頭那麼高，三分之一個，不，是四分之一的小拇指頭那麼粗。桑吉是聰明的男孩，剛學過的分數，在這裡就用上了。

對，那不是一棵草，而是一棵褐色的草芽。

膠凍凝成一樣的褐色草芽。冬天裡煮一鍋牛骨頭，放了一夜的湯，第二天早上就凝成這種樣子：有點透明的，嬌嫩的，似乎是一碰就會碎掉的。

桑吉低低地叫了一聲：「蟲草！」

他看看天，天上除了絲絲縷縷地幾絲彷彿馬上就要化掉的雲彩，藍汪汪地什麼都沒有出現。神沒有出現，菩薩沒有出現。按大人們的說法，一個人碰到好運氣時，總是什麼神靈護佑的結果。現在，對桑吉來說是這麼重要的時刻，神卻沒有現身出來。多布杰老師總愛很張揚地說：「低調，低調。」這是他作文中又出現一個好句子時，多布杰老師一邊喜形於色，一邊卻要拍打著他的腦袋時所說的話。

他要回去對老師說：「人家神才是低調的，保佑我碰上好運氣也不出來張揚一下。」

多布杰老師卻不是這樣，一邊拍打著他的腦袋說低調低調，一邊對辦公室裡別的老師喊：「我教的這個娃娃，有點天才！」

桑吉已經忘記了被摔痛的身體，他調整呼吸，向著蟲草伸出手去。

他的手都沒有碰到凝膠一樣的嫩芽，又縮了回來。

他吹了吹指尖，就像母親的手被燒滾的牛奶燙著時那樣。

他又仔細看去，視野更放寬一些，看見蟲草芽就豎立在殘雪的邊緣。一邊是白雪，一邊是黑土，豎立在那裡，像一枝小小的筆尖。

他翻身起來，跪在地上，直接用手開始挖掘，芽尖下面的蟲草根一點點顯露出來。那真是一條橫臥著的蟲子。肥胖的白色身子，上面有蟲子移動時，需要拱起身子一點點挪動用以助力的一圈圈的節環。他用嘴使勁吹開蟲草身上的浮土，蟲子細細的尾巴露了出來。

現在，整株蟲草都起到他手上了。

他把它捧在手心裡，細細地看，看那臥著的蟲體頭端生出一棵褐色的草芽。

這是一個美麗的奇妙的小生命。

這是一株可以換錢的蟲草。一株蟲草可以換到三十塊錢。三十塊錢，可以買兩包給奶奶貼病痛關節的骨痛貼膏，或者可以給姊姊買一件打折的李寧牌T恤，粉紅色的，或者純白色的。姊姊穿著這件T恤上體育課時，會讓那些帥氣的長鬈頭髮的男生對她吹口哨。

父親說，他挖出一根蟲草時，會對山神說對不起，我把你藏下的寶貝拿走了。

桑吉心裡也有些小小的小小的，對了，糾結。這是娜姆老師愛用的詞，也是他去借讀過的城裡學校的學生愛用的詞。糾結。

桑吉確實有點天才，有一回，他看見母親把紡出的羊毛線繞成線團，家裡的貓伸出爪子把這個線團玩得亂七八糟時，他突然就明白了這個詞。他抱起貓，看著母親絕望地對著那亂了的線團，不知從何下手時，他突然就明白了那個詞，脫口叫了聲：「糾結！」

母親嚇了一跳，啐他道：「一驚一乍的，獨腳鬼附體了！」

現在的桑吉的確有點糾結，是該把這株蟲草看成一個美麗的生命，還是看成三十元人民幣？這對大多數中國人來說根本不是一個問題，但對這片草原上的人們來說，常常是一個問題。

殺死一個生命和三十元錢，這會使他們在心頭生出：糾結。

不過，正像一些喇嘛說的那樣，如今世風日下，人們也就是小小糾結一下，然後依然會把一個小生命換成錢。

桑吉把這根蟲草放在一邊，撅著屁股在剛化凍不久的潮濕的枯草地上爬行，仔細地搜尋下一根蟲草。

不久，他就有了新發現。

又是一株蟲草。

又是一株蟲草。

就在這片草坡上，他一共找到了十五根蟲草。

想想這就掙到四百五十塊錢了，桑吉都要哼出歌來了。一直匍匐在草地上，他的一雙膝蓋很快就被甦醒的凍土打濕了。他的眼睛為了尋找這短促而細小的蟲草芽都流出了淚水。一些把巢築在枯草窠下的雲雀被他驚飛起來，不高興地在他頭頂上忽上忽下，喳喳叫喚。

和其他飛鳥比起來，雲雀飛翔的姿態有些可笑。直上直下，像是一塊石子，一團泥巴，被拋起又落下，落下又拋起。桑吉站起身，把雙臂向後，像翅膀一樣張開。他用這種姿勢衝下了山坡。他做盤旋的姿態，他做俯衝的姿態。他這樣子的意思是對著向他發出抗議之聲的雲雀說，為什麼不用這樣漂亮的姿態飛翔？

雲雀不理會他，又落回到草窠中，蓬鬆著羽毛，吸收太陽的暖意。

在這些雲雀看來，這個小野獸一樣的孩子同樣也是可笑的，他做著飛翔的姿態，卻永遠只能在地上吃力的奔跑，呼哧呼哧地喘著粗氣，像一隻笨拙的旱獺。

這天桑吉再沒有遇見新的蟲草。

他已經很滿足了，也沒有打算還要遇到新的蟲草。

十五根，四百五十元啊！

他都沒有再走上山坡，而是在那些連綿丘崗間蜿蜒的大路上大步穿行。陽光強烈，照耀著路邊的溪流與沼澤中的融冰閃閃發光。加速融凍的草原黑土散發著越來越強烈的土腥味。一些犛牛頭抵在裸露的岩石上舔食泛出的硝鹽。

走了二十多里地，他到家了。

一個新的村莊。實行牧民定居計畫後建立起來的新村莊。一模一樣的房子。正面是一個門，門兩邊是兩個窗戶，表示這是三間房。然後，在左邊或在右邊，房子拐一個角，又出來一間房。一共有二十六、七幢這樣的房子，組成了一個新的村莊。保護長江黃河上游的水源地，退牧還草了，牧人們不放牧，或者只放很少一點牧，父親說：「就像住在城裡一樣。」

桑吉不反駁父親，心裡卻不同意他的說法，就二、三十戶人家聚在一起，怎麼可能像城裡一樣？他上學的鄉政府所在地，有衛生所，有學校，有修車鋪、網吧、三家拉麵館、一家藏餐館、一家四川飯館、一家理髮店、兩家超市，還有一座寺院，也只是一個鎮，而不是城。就算住在那裡，也算不得「就像住在城裡一樣」，因為沒有帶塑膠跑道、有圖書館的中學校，沒有電影院，沒有廣場，沒有大飯店，沒有立交橋，沒有電影裡的街頭黑幫，沒有紅綠燈和交通警察，這算什麼城市呢？這些定居點裡的人，不過是無所事事地傻待著，不時地口誦六字真言罷了。直到北風退去，東南風把溫暖送來，吹醒了大地，吹融了冰雪，蟲草季到來，陷入夢魘一般的人們才隨之甦醒過來。

桑吉不想用這些話破壞父親的幻覺。

他只是在心裡說，只是待著不動，拿一點政府微薄的生活補貼，算不得像城裡一樣的生活。

即便是每戶人家的房頂上，都安裝了一個衛星電視天線，每天晚上打開電視機都可以看到當地電視臺播出翻譯成藏語的電視劇，父親和母親坐下來，就著茶看講漢語的城市裡人們的故事。他們就是看不明白。

電視完了，兩個人躺在被窩裡發表觀後感。

母親的問題是：「那些人吃得好，穿得好，也不幹活，又是很操心很累很不高興的樣子，那是因為什麼？」

桑吉聽見這樣的話，會在心裡說：「因為你不是城裡人，不懂得城裡人的生活。」

每年春暖花開的時候，大城市來的遊客就會在草原上出現，組團的，自駕的，當驢友的，這些城裡人說：「啊，到這樣的地方，身心是多麼放鬆！」

這是說，他們在城裡玩的時候不算玩，不放鬆，只有到了草原上，才是玩。但他不想把自己所知道的這些都告訴給父親。他知道，父親母親讓自己和姊姊上學，是為了他們過上更好的生活，而不是為了讓他們回到家來顯擺自己那些超過他們的見識。

父親想不通的還有種打仗的電視劇：「那些人殺人比我們過去打獵還容易啊！殺人應該不是這麼容易的呀！」

「那是殺日本鬼子呀！」母親說。

父親反駁：「殺日本鬼子就比殺野兔還容易嗎？」

這時，他也不想告訴父親說，這是編電視的人在表現愛國主義。他在電視裡看到過電視劇的導演和明星談為什麼這樣做就是愛國主義。

父親是個較真的人，愛刨根問底的人，如果你告訴他這是愛國主義，說不定哪天他想啊想啊，冷不丁就會問桑吉：「那麼，你說的這個主義和共產主義，還有個人主義是不一樣的嗎？還是原本是一樣的？」

他不想讓父親把自己攪進這樣的糾結的話題裡。

現在，這個逃學的孩子正在回家。他走過溪流上的便橋，走上了村中那條硬化了的水泥路面。

奶奶坐在門口晒太陽，很遠就看見他了。

她把手搭在額頭上，遮住陽光，看孫子過了溪上的小橋，一步步走近自己，她沒牙的嘴咧開，古銅色的臉上那些皺紋都舒展開來了。

桑吉把額頭抵在奶奶的額頭上，說：「聞聞我的味道！」

奶奶摸摸鼻子，意思是這個老鼻子聞不出什麼味道了。

桑吉覺得自己懷裡揣著十五根蟲草。那些蟲草，一半是蟲，一半是草，同時散發著蟲子和草芽的味道，奶奶應該聞得出來，但奶奶摸摸鼻子，表示並沒有聞到什麼味道。

屋裡沒有人。

父親和母親都去村委會開會了。

他自己弄了些吃的，一塊風乾肉，一把細碎的乾酪，邊吃邊向村委會去。這時村委會的會已經散了，男人們坐在村委會院子裡繼續閒聊，女人們四散回家。

桑吉迎面碰上了母親。

母親沒給他好臉色看，伸手就把他的耳朵揪住：「你逃學了！」

他把皮袍的大襟拉開：「聞聞味道！」

母親不理：「校長把電話打到村長那裡，你逃學了！」

桑吉把皮袍的大襟再拉開一點，小聲提醒母親：「蟲草。蟲草！」

母親聽而不聞，直到遠離了那些過來圍觀的婦人們，直到把他拉進自己家裡：「蟲草，蟲草，生怕別人聽不見！」

桑吉揉揉有些發燙的耳朵，把懷裡的蟲草放進條案上的一只青花龍碗裡。他又從盛著十五隻蟲草的碗中分出來七隻，放進另一個碗裡：「這是奶奶的，這是姊姊的。」

一邊碗中還多出來一隻，他撿出來放在自己手心裡，說：「這樣就公平了。」他看看手心裡那一隻，確實有點孤單，便又從兩邊碗裡各取出一隻。現在，兩邊碗裡各有六隻，他手心裡有了三隻，他說：「這是我的。」

母親抹開了眼淚：「懂事的桑吉，可憐的桑吉。」

母親和村裡這群婦人一樣用詞簡單，說可憐的時候，有可愛的意思。所以，母親感動的淚水、憐惜的淚水讓桑吉很是受用。

母親換了口吻，用對大人說話一樣的口吻告訴桑吉：「村裡剛開了會，明天就可以上山挖蟲草了。今年要組織糾察隊，守在進山路上，不准外地人來挖我們山上的蟲草。你父親要參加糾察隊，你不回來，我們家今年就掙不到什麼錢了。」

母親指指火爐的左下方，家裡那頂出門用的白布帳篷已經捆紮好了。

桑吉更感到自己逃學回來是再正確不過的舉措了，不由得挺了挺他小孩子的小胸脯。

桑吉問：「阿爸又跟那些人喝酒了？」

母親說：「他上山找花臉和白蹄去了。」

花臉和白蹄是家裡兩頭馱東西的犛牛。

「我要和你們一起上山去挖蟲草！」

母親說：「你阿爸留下話來，讓你的鼻子好好等著。」

桑吉知道，因為逃學父親要懲罰他，揪他的鼻子，所以他說：「那我要把鼻子藏起來。」

母親說：「那你趕緊找個土撥鼠洞，藏得越深越好！」

桑吉不怕。要是父親留的話是讓屁股等著，那才是真正的懲罰。揪揪鼻子，那就是小意思了。又痛又愛的小意思。

阿爸從坡上把牛花臉和白蹄牽回來，並沒有揪他的鼻子。他只說：「明天給我回學校去。」

桑吉頂嘴：「我就是逃五十天學，他們也超不過我！」

「校長那麼好，親自打的電話，不能不聽他的話。」

桑吉想了想：「我給校長寫封信。」

他就真的從書包裡掏出本子，坐下來給校長寫信。其實，他是寫給多布杰老師的：

「多布杰老師，我一定能考一百分。幫我向校長請個蟲草假。我的奶奶病了。姊姊上學沒有好看的衣服。今天我看見蟲草了，活的蟲草，就像活的生命一樣。我知道我是犯錯了，我回來後你罰我站著上課吧。逃課了多少天，我就站多少天。我知道這樣做太不低調了。為了保護草原，我們家沒有牛群了。我們家只剩下五頭牛了，兩頭馱牛和三頭奶牛。只有挖蟲草才能掙到錢。」

他把信折成一隻紙鶴的樣子，在翅膀上寫上多布杰老師收的字樣。

父親看著他老練沉穩地做著這一切，眼睛裡流露出崇拜的光亮。

父親陪著小心說：「那麼，我去把這個交給村長吧。」

他說：「行，就交給村長，讓他託人帶到學校去。」

這是桑吉逃學的第一天。

那天晚上，他睡不著，聽著父親和母親一直在悄聲談論自己。說神靈看顧，讓他們有福氣，得到漂亮的女兒，和這麼聰明懂事的兒子。政府說，定居了，牧民過上新生活，一家人要分睡在一間一間的房裡。可是，他們還是喜歡一家人睡在暖和的火爐邊上。白天，被褥鋪在各個房間的床上。晚上，他們就把這些被褥搬出來，鋪在火爐邊的地板上。大人睡在左邊，孩子睡在右邊。父親和母親說夠了，母親過來，鑽進桑吉的被子下面。母親抱著他，讓他的頭頂著她的下巴。她身上還帶著父親的味道。她的乳房溫暖又柔軟。

3

去往蟲草山的這個早晨，天上下著雪霰。

雪霰本是筆直落到地上，可是有風。說不上大，但很有勁道的風，把雪霰橫吹過來，打在人臉上，像一隻隻口器冰涼的飛蟲在撞擊，在叮咬。

風攪著雪，把整個世界吹得天昏地暗。

這樣的情景中，很難想像這個世界上還會在藍空下面聳立著一座蟲草山。一座黑土中，淺草下埋滿了寶物的山。

桑吉把袍子寬大的袖口舉起來，權且遮擋一下風雪，心想：「蟲草山肯定不見了吧。」

話到嘴邊，變成了：「我們找不到蟲草山了吧？」

母親叫他放心：「蟲草山在著呢。」

將近中午，大家來到了蟲草山下。

雪停了，風也停了，天卻陰著。雲霧低垂，把蟲草山的頂峰藏在灰暗的深處。只有那些長著蟲草的土坡，立在眼前，像是一個巨人，只看見他腆著的肚子，卻不見隱在灰雲中的腦袋和頸項。

桑吉想，那些鼓著的肚腹一樣的山坡，一定藏著好多蟲草。

在風中搭帳篷很費了些力氣。風總想把還來不及繫牢的帳篷布吹上天空，桑吉就把整個身子都壓在帳篷布上，讓父親騰出手來，把繩錨扎進地裡。

帳篷架好了，母親在帳篷中生火。

桑吉在河溝邊的灌木叢中搜尋乾枯的樹枝。他不用眼睛看，他用腳趟。

掉光了葉子的灌木看上去都一樣，難以分辨哪些已經乾枯，哪些還活著。可是用腳一趟，乾枯的劈劈啪啪折斷，活著的彎下腰又強勁反彈。很快，他們家帳篷旁邊的枯枝就堆成了一座小山。

鄰居都來誇讚：「聰明的孩子才能成事呀！」

父親卻罵：「你這麼幹，知道有多費靴子嗎？」

母親看著他把乾枯的杜鵑樹枝添進爐堂，臉上映著紅彤彤的火光，說：「他心裡美著呢。」

桑吉知道，母親看見自己能幹顧家，心裡也正美著呢。

這時有人通知去抽籤，村裡用這種方法產生每天六個三組在各個路口封堵外來人員的糾察隊員。

父親起身，桑吉也跟在他身後。

山頂還是被風和雪還有陰雲籠罩著，鼓著肚子的黃色草坡下面的窪地裡，聚居點的人家都在這裡搭起了自己的帳篷。

男人們都聚在村長家的帳篷前，村長就在帳篷邊折了些繡線菊的細枝，撅成長短不一的短棍，握在他缺一根指頭的手中，宣布規則：「抽到長的人明天值班。明天晚上大家再來抽，看後天該誰值班。」

天上吹著冷風，男人們都把手插在皮袍的大襟裡，村長握著那把短棍，把手舉到人面前。第三個人就是桑吉的父親了。父親沒有把手從皮袍襟裡拿出來，他看看兒子。

村長問：「讓桑吉抽？」

桑吉伸出的手又縮了回來。

因為前面三個人都抽了短的。他想起多布杰老師在數學課上說過的一個詞：概率。

那時，他沒有聽懂。現在，他有些明白了。前面三個都抽了短的，那麼，也許長的就該出現了。

所以，他對村長說：「先讓別人抽，我要算一算。」

男人們笑起來：「算一算，你是一個會占卜的喇嘛嗎？」

桑吉搖了搖頭：「我要用數學算一算。」

他們家在定居點的鄰居伸出了手：「哦，這個娃娃裝得學問比喇嘛都大了！」

村長手裡有二十八根棍子，其中有六根長棍，已經抽出三根短棍，接下來，他們家的鄰居抽出了一根長棍，接下來，是一根短棍，接下來，又一根長棍。抽到長棍的人連叫倒楣。雖然大家都願意當糾察，保衛村裡的蟲草山，但誰都不想在第一天。誰都明白，第一天上山的收穫，可能勝過後來的三、四天。

這時，桑吉說：「我算好了。」他出手，抽到了一根短棍。

晚上，父親在帳篷裡幾次對母親說：「你兒子，他說他要算算，他要算算！」

桑吉躺在被窩裡，聽著風呼呼地掠過帳篷頂，又從枕頭底下翻出來鐵皮文具盒，摸到三根胖胖的蟲草，把柔軟的觸覺傳到他指尖。

他聽見父親低聲問母親：「兒子睡著了嗎？」

母親說：「你再不老實，山神不高興，會讓我們的眼睛看不見蟲草！」

父親說：「山神老人家忙得很呢，哪有時間整天盯著你一個人。」

「山神有一千隻一萬隻眼睛，什麼都有看見。」

母親起身離開父親，鑽到了桑吉的被窩裡，她帶來一團熱呼呼的氣息，她的手穿過桑吉的腋下，輕輕地懷抱著他。她的胸又軟又溫暖，父親還在爐子那邊的被窩裡自言自語：「算算。」

桑吉身子微笑微彎曲，姿態像是枕邊文具盒裡的蟲草，鬆弛又溫暖。他很快就睡著了。

他是被一陣鼓聲驚醒的。

帳篷裡沒有人，外面鼓聲陣陣。

他知道，那是喇嘛在作法。

天朗氣清，陽光明亮。

草地被照耀得一片金黃。蟲草山上方的雪山在藍天下顯露出赭紅色的山崖和山崖上方晶瑩的積雪。

人們聚集在溪邊，那裡已經用石頭砌起了一個祭臺。喇嘛坐在上首，擊鼓誦經。男人們在祭臺上點燃了柏枝，芬芳的青煙直上藍天。喇嘛們手中的鈸與鑔發出響亮的聲音時，儀式到了尾聲，男人們齊聲呼喊，獻給山神的風馬雪片般布滿了天空。

蟲草季正式開啟。

選為糾察的人們分頭前去把守路口，全村男女都出發上山。每人一把小小的鶴嘴鋤，一只搪瓷缸子。人們在山坡上四散開來，趴在草坡上，細細搜尋長不過一、兩厘米的褐色的嬌嫩草芽。

桑吉手裡也有了一把輕巧的鶴嘴鋤。當一隻蟲草芽出現在眼前，他也學著大人們的樣子，把周圍的浮土和枯草拂開，從草芽的旁邊進鋤，再用勁撬動，他聽到草根斷裂的聲音，看到地面開裂，再緩緩用勁，那道裂縫的中央，胖胖的蟲草出現了。他鼓起腮幫，把蟲草上的浮土吹開，小心拈起它，放進搪瓷缸裡。做這所有的動作，他都小心翼翼，不讓蟲草有最微小的損傷。過些日子，蟲草販子就要來了，他們嘴裡永遠掛著一個詞：品相，品相。第一是品相，第二還是品相。就像校長說：第一是做人，第二還是做人。就像多布杰老師說：第一是學習，第二還是學習。就像娜姆老師說：第一是愛，第二是愛，第三還是愛。

在山上，比起自己和母親，高個子的父親就笨拙多了。

首先，他不容易看見細小的蟲草芽。

第二，好不容易發現了，他的大手對付這個小東西，也是很無所適從的樣子。

太陽當頂的時候，一家人停下來吃午餐。冷牛肉，燒餅，一暖瓶熱茶。桑吉狼吞虎嚥。父親說他吃相不好。父親端端正正坐著，一小刀一小刀削下牛肉，餵進嘴裡，細嚼慢嚥。飲下熱茶時，更要發出舒服的感歎。桑吉不管，三下五除二，很快就吃得有些撐了。他趴在地上，數三隻搪瓷缸裡的蟲草。他的成績是十九隻。母親二十三隻。父親最少，十一隻。

父親笑著說：「小東西是讓小孩和女人看見的。男人眼睛用來看大處和遠處。」

母親對桑吉說：「你父親年輕時，打獵和尋找走失的牛，很遠很遠，他就能看見。」母親又對父親說，「可現在不打獵也不放牧了，挖蟲草，就得看著近處細處了。」

父親吃飽了，把刀插回鞘中，抹抹嘴，翻身仰躺在草地上，用帽子蓋住了臉。

桑吉看著父親，桑吉總是要不由自主地把眼光落在父親和母親身上。父親用帽子蓋著臉，耳朵卻在一上一下地動著。這是他在逗桑吉玩。這相當於電視裡那些人說我愛你。父親不說，他一上一下動著耳朵，逗桑吉開心。

桑吉眼尖，在父親耳朵邊發現了了一粒破土而出的蟲草芽。

他把鶴嘴鋤楔進土中，對父親說不動不動，取出一隻胖胖的蟲草。

然後，他揭開父親臉上的帽子，把那隻蟲草舉在他眼前。

父親很舒心，對母親說：「這個孩子不會白養呢。不像你姊姊的兒子呢。」

他們說的是桑吉十六歲的表哥。小學上到三年級就不上了。長到十四、五歲，就開始偷東西。只為換一點錢，到鄉政府所在的鎮上，或者到縣城打檯球。他偷過一頭牛，還和另一個混混偷卸掉停在旅館的卡車的備用輪胎，賣到修車鋪，也不遠走，就在修車鋪門口的露天檯球桌上打檯球，檯球桌邊放一打啤酒，邊打邊喝。打到第三天，就被抓到派出所去關了一個星期。

四處浪蕩的表哥常常不回家，餓得不行了，還跑到小學校來，來吃他的飯。

星期天下午，學校背後的草地上，他曾經對表哥說：「你來吃我的飯，我很高興。」

表哥一邊狼吞虎嚥，一邊說：「那你是個傻瓜。」

桑吉很老成很正經地說：「你來吃我的飯，說明你沒有偷東西，所以我很高興。」

表哥說：「傻瓜！那是因為這地方又窮又小，偷不到東西！」

蘑菇圈

桑吉很傷心：「求求你不要偷了。」

表哥也露出傷心的表情：「上學我成績不好，就想回去跟大人們一樣當牧民，可是，大人們也不放牧了。有錢人家到縣城開一個舖子，我們家比你們家還窮。你這個裝模作樣的傢伙，敢來教訓我！」

桑吉不說話。

表哥又讓他去買啤酒。一口氣喝了兩瓶後，他借酒裝瘋：「讀書行的人，上大學，當幹部。等你當了幹部再來教訓我！那你說，我不偷能幹什麼？」

桑吉埋頭想了半天，實在沒有想出什麼好辦法，就說：「那你少偷一點吧。」

表哥很重地打了他一巴掌，唱著歌走了。那天，他把學校一臺錄音機偷走了。再以後，學校就不准表哥再到學校來找他了。

校長說：「學校不是餓鬼的施食之地，請往該去的地方去。」

多布杰老師說：「你信不信我能揍得你把一個人看成三個人！」

表哥灰溜溜走了。多布杰老師眼裡的表情變得柔和了，他對桑吉說：「你現在幫不了他，只有好好讀書，或許將來你可以幫到他。」

從此，表哥不偷東西了。他當背夫，幫人背東西。幫去爬雪山的遊客背東西，幫勘採礦山的人背東西。最後，又幫盜獵者背藏羚羊皮，盜獵者空手出山，他卻被巡山隊抓個正著，進監獄已經一年多了。

父親提起這個話頭，讓他想起表哥。

他想起多布杰老師的話：「你表哥其實是個好人。可是，監獄可不是把一個人變好的地方。」

他想等蟲草季結束，手裡有了錢，他就去城裡看表哥。他和姊姊在一個城裡。不同的是，一個在學校，一個在監獄。他想給表哥買一雙手套，皮的，五個指頭都露在外面的。表哥戴過那樣子的一隻手套，那是他撿來的。但他喜歡戴著那樣一隻手套打檯球，頭上還歪戴著一頂棒球帽。對，他還要給他買一頂新的棒球帽。但他不給表哥買項鍊，表哥的項鍊上掛著的一個塑料的骷髏頭，表面卻塗著金屬漆，實在是太難看了。那是來自一個暴烈的電子遊戲中的形象。

他坐在草坡上，坐在太陽下想表哥，表情惆悵。

母親埋怨父親：「你提他不爭氣的表哥幹什麼？你讓兒子傷心了。」

父親翻身起來，摸摸他的腦袋：「蟲草還在等我們呢。」

這一下午，桑吉又挖了十多根蟲草。

晚上，回到帳篷裡，母親生火擀麵。鍋裡下了牛肉片和乾菜葉的水在沸騰，今天晚餐是一鍋熱騰騰的麵片。

桑吉拿一支小軟刷，把一隻隻蟲草身上的雜物清除乾淨，然後一隻隻整齊排列在一塊乾燥的木板上，蟲草裡的水分，一部分揮發到空氣，一部分被乾燥的木板吸收。等到蟲草販子出現在營地的時候，它們就可以出售了。

父親抽籤回來的時候，麵片已經下鍋了。湯沸騰起來的時候，母親就往鍋裡倒一小勺涼水，這樣鍋裡會沉靜片刻，然後，又翻沸起來，如是者三，滑溜溜香噴噴的麵片就煮好了。

父親又抽到一根短棍。

父親對桑吉說：「我也學你算了算。」

惹得桑吉大笑不止。

桑吉大笑的時候，帳篷門簾被掀開，一個人帶著一股冷風進來了。來人是一個喇嘛。

女主人專門把一只碗用清水洗過，盛一大碗麵片雙手恭敬遞到喇嘛面前。喇嘛不說話，笑著搖手。

一家人便不敢自便，任煮好的麵片融成一鍋漿糊。

往年，蟲草季結束的時候，喇嘛會來，從每戶人家收一些蟲草，做他們蟲草季開山儀式誦經作法的報酬。但開山第一天，就來人家裡，這是第一回。喇嘛不說話，一家人也不明白他的意思，大家便僵在那裡。

喇嘛開口了，也不說來意，卻說聽大家傳說，這一家叫桑吉的兒子天資聰慧，在學校裡成績好得不得了。喇嘛說，這就是根器好，可惜早年沒有進廟出家，而是進了學校。學校好是好，上大學，進城，一個人享受現世好福報。如果出家，修行有成，自渡渡人，那就是全家人享受福報，還不止是現世呢。

說這些話時，喇嘛眼睛盯著帳篷一角木板上晾著的蟲草。

那些蟲草，火苗竄出爐膛時，就被照亮，火苗縮回爐膛時，就隱入黑暗，不被人看見。桑吉挪動屁股，遮住了投向蟲草的火光。

喇嘛笑了：「果然是聰明種子啊！」

喇嘛還說：「知道嗎？佛經裡有好多關於影子的話。雲影怎能把大山藏起來？」

桑吉心頭氣惱，頂撞了喇嘛：「看大山要去寬廣草灘，不必來我家窄小的帳房。」

父親念一聲佛號：「小犢子，要敬畏三寶。」

桑吉知道，佛，和他的法，和傳他法的喇嘛，就是三寶。父親一提醒，自己心裡也害怕。在學校，他頂撞過老師，過後卻沒有這樣的害怕。

父親對喇嘛說：「上師來到貧家，有什麼示下，請明言吧。」

喇嘛說：「年年蟲草季，大家都到山神庫中取寶，全靠我等作法祈請，他老人家才沒動怒，降下懲罰。」

父親說：「這個我們知道，待蟲草季結束，我們還是會跟往年一樣，呈上謝儀。」

喇嘛臉上的笑容消失了：「山中的寶物眼見得越來越少，山神一年年越發地不高興了，我們要比往年多費好幾倍的力氣，才能安撫住他老人家不要動怒。」

話到了這個份上，結果也自然明瞭。喇嘛從他們第一天的收穫中拿走了五分之一的蟲草，預支了一份作為他們加倍作法的報償。

喇嘛取了蟲草，客氣地告辭。這時，他家的麵片已經變成一鍋麵糊了。

第二天，他們上山時，喇嘛們又在草灘上鋪了毯子，坐在上面搖鈴擊鼓，大作其法。

桑吉對父親說：「今天晚上喇嘛還要來。」

當天晚上，喇嘛沒有來。

他們是第五天晚上來的。這回是兩個小沙彌，一個搖著經輪，一個手裡端著只托盤，也不進帳篷，立在門口，說：「二十只，二十只就夠了。」

桑吉禁不住喊道：「二十根，六百塊錢！」

母親怕他說出什麼更冒失的話來，伸手把他的嘴捂住了。

4

蟲草一天天增多。

晾乾了的蟲草都精心收起來，裝進一只專門在縣城白鐵舖訂製的箱子裡。箱子用白鐵皮包裹，裡面襯著紫紅色絲絨。晾乾的蟲草就一隻隻靜靜地躺在那暗黑的空間裡沉睡。一個星期不到，不算還晾在木板上那幾十隻，箱子裡已經有了將近六百根蟲草。也不算躺在文具盒裡的那三隻。

明天是在這座蟲草山上的最後一天。

在村長家帳篷前抽籤時，父親還是抽到了短木棍。父親沒有聲張，心裡高興，嘴上卻說：「也該我去守一回路口了。」

回到家裡，他卻喜形於色，說：「看來今年我們家運氣好著呢。」母親說：「要是女兒考得上大學，那才是神真真的看顧我們了。」父親淨了手，把小佛龕中佛前的燈油添滿，把燈芯撥亮。

這天晚上，桑吉躺在被窩裡，又給他的三根蟲草派上了新用場。他想回學校時該送多布杰老師和娜姆老師一人一樣禮物。他想起星期六或星期天，太陽好的時候，老師們喜歡在院子裡，在太陽地裡洗洗刷刷。多布杰老師塗一臉吉利牌的剃鬚泡，打理他的絡腮鬍子，娜姆老師用飄柔洗髮水洗自己的長髮。他想回學校時，買一罐剃鬚泡和一瓶洗髮水送給他們。

三隻蟲草，一共才九十塊錢哪！

為此，他心裡生出小小的苦惱，怕因此就不夠給表哥買無指的皮手套的錢了。

甚至睡夢裡，也有小小的焦灼在那裡，像隻灰色鳥在盤旋。

早上起來，父親當糾察隊員去把守路口了。桑吉和母親上山去。這座山四圍除了向西的一面屬於另一個村子，其他三面鼓起的肚腹都被反覆搜索過兩三遍了。所以，這一天收穫很少，他和母親一共只採到十幾隻蟲草。桑吉提議，不如早點下山，收拾好東西，明天早點轉到新的營地。

母親坐下來，讓桑吉把頭靠在她腿上，說：「去那麼早幹什麼？沒有祭山儀式，誰都不能先上山去挖蟲草。」

桑吉說：「去得早，可以多找些乾柴，多撿些乾牛糞，我們家的爐火就比別人家旺。」

母親說：「有你這樣的兒子，我們家怕是真要興旺了。」

桑吉改用了漢語，用課堂上念書的腔調：「旺，興旺的旺，旺盛的旺。」

他笑了，對母親說：「還能組什麼詞，我想不起來了。」

母親愛撫他的腦袋：「天神啊，你腦袋裡裝了多少我不知道的東西啊！」

回到帳篷裡，桑吉把晾在木板上的三隻蟲草收進文具盒裡——這是他腦子裡已經派了很多用場的蟲草。

然後，再去溪邊打水，母親說了，今天要煮一鍋肉。大塊的肉之外，牛的腿骨可以熬出濃濃的湯。

桑吉把牛腿骨放在帳篷外的石頭上，用斧子背砸。骨頭的碎屑四處飛濺。一些鳥聞聲並不驚飛，而是聚攏過來，在草地上蹦蹦跳跳，爭著啄食那些沾著肉帶著髓的小碎屑。母親倚在帳篷門邊，笑著說：「鳥不怕你呢，你能聚攏生氣呢。」

桑吉更加賣力地砸那些骨頭，砸出更多的碎骨頭，四處飛濺，讓鳥們啄食。

雖說是沾肉帶髓，但到底是骨頭，鳥們都只淺嘗輒止幾口，便撲楞楞振翅飛走了。

桑吉這才收了手，脫下頭上的絨線帽子，頭上冒起一股白煙。

母親說：「瞧，你的頭上先開鍋了。」

母親從他腳邊把那些砸碎的骨頭收起來，下了鍋。肉香味充溢帳篷的時候，桑吉把在這座蟲草山上的收穫清理完畢了——不算他那三根，也不算他要單給奶奶和姊姊的那十二根——他們一家三口在這座蟲草山上的收穫一共是六百七十一根。一根三十塊。三六一萬八，三七二千一，加起來是兩萬零一百，還有個三十，他對母親說：「哇，一共是兩萬零一百三十。」

母親笑得眉眼舒展。

這時，父親剛好彎著腰鑽進了帳篷，說：「你高興是因為錢多呢，還是因為兒子算這麼快。」

不等母親回話，父親又說：「來客人了。」

果然，帳篷門口，還站著一個人。

這個人穿著一件長呢大衣，戴著一頂鴨舌帽，是個幹部。一抹濃黑的鬍子蓋著他的上嘴唇。

這個人用手稍稍抬了抬帽子，就彎腰進了帳篷。母親搬過墊子，請他在火爐邊坐了。

這個人盤腿坐下，表情嚴肅地盯著桑吉：「那麼，你就是那個逃學的桑吉了。」

桑吉說：「期末考試我照樣能考一百分。」

這個人說：「你不知道我是誰吧？我叫貢布。」

桑吉說：「貢布叔叔。」

這個人說：「我是縣政府的調研員，專門調研蟲草季逃學的學生。」

桑吉問：「調研是什麼意思？」他真的沒有聽到過這個詞。

調研員說：「你逃學的那天，我就調研到你們學校了。你逃學一星期了。你之後，又有七個人逃學。」

父親插進來，想幫兒子聲辯，但他剛張口，嘴裡發出了一兩個模糊的音節，調研員只抬了抬手，他就把話嚥回去了。調研員說：「你不要說話，我和桑吉說話。桑吉是一個值得與他談話的人。」

桑吉還是固執地問：「調研是什麼意思，我沒聽說過。」

蘑菇圈

調研員從母親手裡接過牛肉湯時，還對她很客氣地笑了一下。他喝了一口湯，吧嗒一下嘴，作為對這湯鮮美的誇獎，這才對桑吉說：「視察。」

桑吉的眼光垂向地上：「視察。你是領導。」

調研員哈哈大笑：「這麼小的孩子都知道領導！」他又說，「不要擔心了，我不是來抓你回學校的。」

桑吉這才放鬆下來：「真的嗎？」

「你聽聽外面。」

這時，桑吉才注意到今天黃昏的營地有一種特別的熱鬧。一群孩子加入營地，帶來了一種生氣勃勃的熱鬧。學校確實放了假，各家的孩子都回到營地裡來了。男孩子們身上帶著野氣，無緣無故就呼喊，無緣無故就奔跑。女孩子們跳橡筋繩：一二三四五六七！七六五四三二一！

桑吉衝出帳篷，加入了他們。

但他的同學們並不太歡迎他，他們懷著小小的嫉妒，他逃了學，期末考試照樣會得一百分，而且，營地裡都傳說，他起碼挖了一萬塊錢的蟲草。大家圍成一圈在草灘上踢足球，大家都不把球傳給他。可是，當球被誰一個大腳開到遠處時，就有人叫：「桑吉！」

他撿了球回來，大家還是不把球傳給他。

這使得他意興闌珊，只想天早些黑，早點回家。

回家時，他看到父親正蘸著口水數錢。數十張，交到母親手上，再數十張。最後父親笑了：「兩萬零一百三十元。」

母親卻憂慮：「村裡商量過的，蟲草要一起出手。」

調研員笑了，把錢袋裹在腰上：「我這就去村長家吃飯，把他們家的蟲草也收了。」

母親從鍋裡撈了一大塊牛肉，包好，要調研員帶上。他說：「留著吧，哪天我到你們家來吃就是了。」

那意思是他一時半會兒不會離開。

調研員拍拍桑吉的腦袋：「這些娃娃放假回家挖蟲草，我要在這裡盯著他們，別在山上摔壞了，別讓狗熊咬傷了。」

父親說：「您放心吧，山裡沒有狗熊已經十多年了。」

調研員提著他們家的蟲草箱起身了：「這只是一個比喻。你們家下一個蟲草山的收穫也給我留著。」說完，他一掀帳篷門簾，出去了。

桑吉說：「他沒有付箱子的錢！」

桑吉記得，紅絲絨，加白鐵皮，加薄襯板，加手工，一共花了差不多三百塊錢。為了這只箱子，父親在白鐵店坐等三天，看著店裡的師傅做出來的。每天下了課，他都到那個店裡去陪父親。第一天，師傅把剪出來的白鐵皮敲打成了一個長方體，有了箱子的基本模樣。第二天，又給箱子內部安上了木襯板和紅絲絨，第三天，是蓋子和箱子上的鐵把手。最後，安裝上了一只鎖。這只鎖是桑吉從撿來的一只破公文包上取下來的。常常，從外地來這個鎮上的人，走後都會留下點什麼不要的破爛貨。開車的留下一只舊輪胎，驢友留下一支登山杖。也是一位來學校檢查工作的幹部，他留下的一只四角都被磨得翻白的公文包。桑吉不知道自己為什麼卸下了那只鎖。那時，他並不知道父親打算為裝蟲草而做一只講究的箱子。但父親告訴他，此行來鎮上，是為了做一只裝蟲草的箱子時，他就拿出了那只鎖。

桑吉說：「蟲草挖出來，在我們手上就十來天時間，為什麼要一個箱子？」

父親說：「給我們帶來一年生計的東西，不能就裝在一只舊布袋裡。」

三天後，一只箱子就做出來了。

還裝上那只鎖。

白鐵店老闆嘲笑他們：「裝一只沒有鑰匙的鎖幹什麼？」

父親說：「沒有鑰匙的鎖也是鎖，聾子的耳朵也是耳朵。」

真的，有了這只鎖，不管有沒有鑰匙，那就是一只像模像樣的箱子了。裡面像是一只可以裝著值得珍重的物品的東西了。

可是，現在調研員拿走了這只箱子。

桑吉追了出去，在村長家帳篷門口，他從後面拉著了調研員大衣上的腰絆。

調研員說：「我沒有多付你們家錢吧。」

桑吉說：「箱子，你不能帶走箱子。」

調研員說：「箱子？我只拿了蟲草。」

桑吉說：「你只能拿走蟲草，不能拿走裝蟲草的箱子。」

調研員明白了：「你得告訴我，這些蟲草我是捧在手上還是含在嘴裡。」

桑吉說：「收蟲草的人都自己帶裝蟲草的東西。」

桑吉其實不知道調研員帶著一只講究的箱子，接上電就恆溫恆濕。不是裝蟲草的，是城裡人裝雪茄菸的箱子。調研員的這只箱子就放在他的汽車裡。他本來要在村長家吃了晚飯，再串幾戶人家，把收來的蟲草裝進汽車裡的恆溫箱裡，明天早上再把箱子還給他們。

現在，調研員覺得他是個好玩的娃娃，他說：「你在鎮上的超市裡買過東西嗎？」

桑吉說：「買過。」

「說說你買過些什麼東西。」

「糖，還有墨水。」

「對了，超市的人讓你把包糖的紙和墨水瓶還給他們了嗎？」

桑吉搖了搖頭。

調研員說：「嘿，小夥子，你是在搖頭嗎？你不知道黑夜裡我看不見嗎？」

桑吉說：「你只付了蟲草錢，沒付箱子的錢。」

調研員笑了，他不進村長家的帳篷，轉身往他停車的地方走。隔著老遠，剛看得見車窗玻璃上的反射光，他按一下手裡的鑰匙，車燈閃爍的同時，還吱地叫了一聲。

調研員打開車子的後箱門，車裡燈亮起來，照見一只箱子，閃著黑黝黝的金屬光澤。箱門上還有兩只手錶那麼大的錶盤。調研員說：「小夥子，開開眼，這樣的東西才配叫箱子。」

子。

他打開箱子門，從裡面取出一只塑料盒，把蟲草裝進裡面，塞進了那只漂亮的箱子。

桑吉以為調研員這下該把箱子還給他了。但調研員沒有這個意思。他問桑吉：「用完了墨水，你把瓶子還到超市了？」

這回，桑吉不說話也不搖頭，他不敢說，他和同學們把空瓶子放在學校圍牆上，當彈弓的靶子了。

調研員說：「我知道都被你們打碎了，圍牆外，滿地是玻璃渣子，當我不知道嗎？好小子，你來追我，我以為你要為逃學交一份檢討書呢。是的，我不要這只破箱子，但我告訴你，這是我買蟲草買來的包裝。」

桑吉終於露出了請求的口吻：「你有這麼漂亮的箱子，把這箱子還給我家吧。」

調研員點了一支菸，臉上露出幹部要為難人時的表情，說：「看在你是個成績優秀的學生的分上，我沒讓你為逃學寫檢討，總不成讓你白拿回箱子吧？」

桑吉知道，一個幹部臉上露出這樣表情的時候，不意思意思，那是拿不回這只箱子了。

他嚥了口唾沫，有些艱難地說：「我給你蟲草。」

調研員彎下腰：「蟲草，你給我蟲草？」

「我換這只箱子。」

調研員：「多少？」

桑吉提高了聲音：「三隻，三隻蟲草。」

調研員把菸頭扔在地上，用腳把那一星火踩滅了，說：「成交！」

桑吉抱起了箱子，調研員說：「小夥子，你既然開始學習交易了，就該先把蟲草拿來。」

桑吉跑過帳篷，從枕頭下拿出了那只鐵皮文具盒。回來時，調研員又燃起了一支菸。他看著桑吉打開文具盒，看到了裡面躺著三隻白白淨淨胖乎乎的蟲草，他細心地把三隻蟲草拈出來，放進了那只盒子裡，和這幾天，一家人換了兩萬多塊錢的蟲草們混在了一起。

桑吉抱起了箱子。

調研員在他身後說：「等等。」他從車上拿出一包糖果，還有一個漂亮的筆記本，掀開桑吉抱在懷裡的箱子蓋，放進了裡面。他啪一聲合上箱蓋：「祝賀你交易成功，一份獎勵。」

調研員拍拍他的腦袋，往村長家的帳篷去了。

桑吉抱著箱子回家，在星空下，他的淚水流了下來。他想著那三隻白白胖胖的蟲草。想著他打算送給表哥的無指手套，想著他得空著雙手去看望表哥。想著也不能買剃鬚泡和飄柔洗髮水送給兩個老師，他的淚水就下來。他望望天空，星星在他的淚眼中，閃爍著更動人的光芒。

他在晚風中站了一陣，等淚水乾了，才走進自家的帳篷。他對父親和母親說：「我把箱子要回來了。」

5

第二天，各家收拾帳篷時，調研員發動了車子。他特意把車開過桑吉身旁。他搖下車窗，像對大人一樣和桑吉打招呼：「我過幾天還回來，把你們家的蟲草給我留著。」

桑吉別過頭去，不想跟他說話。

桑吉這個樣子，讓他父親很著急：「領導在跟你說話。」

調研員這才對父親說：「我喜歡這個孩子，我回來時要帶份禮物給他。他喜歡什麼東西？」

父親說：「書。」

調研員轉臉對桑吉說：「一套百科全書怎麼樣？」調研員壓低了聲音說，「那你可大賺了。知道一套百科全書多少錢？八、九百呀！告訴你吧，當你喜歡一個人，就意味要在買賣中要吃大虧了！」

他一踩油門，汽車在草灘上搖搖晃晃地前進。桑吉看到過汽車開上草灘被陷在泥裡的情形，他想，這輛車要被陷住了。更準確地說，是桑吉希望這輛車會被陷住。但是，這輛車搖晃著，轟鳴著，衝出了地面鬆軟的草灘，上到了路上，調研員又向他揮了揮手，車屁股後捲起塵土，很快就轉過山口，消失了，只把塵土留在天幕之下，經久不散。

父親用責備的口吻說：「人家喜歡你呢。」

桑吉說：「不喜歡他像個了不起的人物和我說話。」

但是，他心裡已經在想像那套百科全書是什麼樣子了。這是他第二次聽見有一種書叫百科全書了。有幾個登山客來過學校，送了他們班的學生一人一只文具盒，還和他們拍了很多照片。他們說，回到城裡後，最多不過兩星期，他們就會寄來這些照片和一套百科全書。可是，兩年過去了，他們也沒收到這些人許諾要寄來的東西。

在新的蟲草山上，桑吉老是在想這套百科全書。

這時，調研員正在趕路。路上，遇到了堵車，他罵罵咧咧地停下車來。

他罵罵咧咧是因為心裡不痛快。

前不久，他還是縣裡的副縣長。幹部調整的時候，人們都說他會當上縣長，再不濟也能當上常務副縣長。可是，調整後的結果是他成了這個縣的調研員。都知道，一個幹部快退休了，需要安頓一下，就給個調研員當當。他才四十出頭，就成了調研員。當調研員的第一件事，就是調研鄉村學校蟲草季放假的情況。調研員也是配有司機的，但他心裡不痛快，自己開著車就到鄉下來了。也是因為心裡不痛快，他一到桑吉上學的學校，就說，蟲草，蟲草，學生的任務就是好好念書，挖什麼蟲草。結果他把學校的蟲草假給取消了。一週後，他的氣消了許多，朋友打電話告訴他，弄些蟲草，走走該走動的地方，至少還可以官復原職吧。於是，他又給學校放了一週的蟲草假。他說，不放怎麼辦?草原上的大人小孩，都指望著這東西生活嘛。

在桑吉他們村的蟲草山下，他收了五萬塊錢的蟲草。眼下，他正開著車，急著把這些新鮮蟲草送到一個地方去。因為路上堵車，他是天黑後，街上的路燈都在新修的迎賓大道兩旁一行一行亮起來的時候，才進到城裡的。這個夜晚，他敲響了兩戶人家的房門，村長家的蟲草送給了部長，桑吉家的蟲草送給了書記。

桑吉的蟲草在書記家待了三個晚上。

第三個晚上，書記回來晚了，書記老婆便把放在冰箱裡的蟲草取出來。

她細細嚼了一根，覺得是好蟲草。

這時，書記回家了。

書記老婆說：「今年的蟲草不錯啊！」

書記說：「那就包得漂亮一點，哪天得空給書記送去。」

老婆笑說：「書記送給書記。」

書記也笑說：「說不定書記也不吃，再送給更大的書記。」

書記老婆教書出身，這幾年不教書了，沒事，喜歡窩在家裡讀書。所以，才說出這樣的話：「怎麼沒人寫一本《蟲草旅行記》？」

書記也是在職博士，論文雖然是別人幫忙的，到底大學本科還是親自上的，回家還要上上網，他在電腦前坐下，鼠標滑動時，隨口說：「你讀不到，本地經濟文化都欠發達，沒人寫小說，更不要說官場小說。」

老婆收拾好蟲草，卻留下了幾十根，仔細裝在一只罐子裡。書記搖搖頭說：「小氣了。算算管著多少座蟲草山，算算這時節有多少老百姓在山上挖這東西，總得有三五萬，十來萬人吧。還怕沒有蟲草！」

老婆說：「就圖個新鮮，補補氣。」

「我中氣十足！」

「那就再提提！」

早上，車到門口來接書記上班。老婆把茶杯遞給祕書：「第一遍水不要太燙了。」

祕書：「可是新蟲草下來了。」

到了辦公樓，第一個會，就是蟲草會。蟲草收購秩序的會。合理開發與保護蟲草資源的會。

書記坐在臺上講話，他面前放著透明的茶杯，茶杯時浮沉著茶葉，茶杯底臥著一隻蟲草。好像是想探頭看看下面的人。下面人面前桌上也放著茶杯。有些茶杯裡也臥著蟲草。麥克風裡的聲音嗡嗡響著，杯底下的這些蟲草似乎都在互相探望。

桑吉的三隻蟲草在書記家被分開了。

兩隻進了一只不透光的塑料袋，躺在冰箱裡。一隻躺在書記的杯子裡。開完會，書記回到辦公室，聽了幾個彙報，看了兩份文件，一口氣喝乾杯子裡的水，又撈起那根胖蟲草，扔在嘴裡嚼了。嚼完，他一個人說：「這麼重的腥氣。」

正好祕書進來，接著他的話頭：「原本就是一根蟲子嘛。」

書記說：「蟲子？你是存心讓我噁心？」

祕書趕緊賠不是：「老闆，我說錯了。」

書記的噁心勁過去了：「我還用得著你來搞科普啊！」

這時的桑吉正在山上休息。

他用手臂蓋著臉，在陽光下睡了一會兒。剛一閉上眼，他就聽見很多睜開眼睛時聽不見的聲音。青草破土的聲音。去年的枯草在陽光下進一步失去水分的聲音。大地更深處那些上凍的土層融凍的聲音。然後，他睡著了。他又夢見了百科全書。他醒來，揉揉眼，回想那書是什麼樣子。但他想不起來了。怎麼都想不起來。這讓他懊惱了好一陣子。在又挖到了五、六隻蟲草後，他想通了。他甚至咯咯地笑了起來，他對自己說：「你只是夢到了一個詞，一個名字。你怎麼會夢到沒見過的東西的樣子呢？」

天氣越來越暖和，草地越來越青翠，雪線越升越高，蟲草再長高，下面的根就乾癟了，這也意味著這一年的蟲草季該是結束的時候了。

蟲草季結束的這一天晚上，一個收蟲草的販子還在營地為大家放了一場電影。電影機把光影投向銀幕的時候，滿天的星斗就消失了。那是一部什麼樣的電影呢？這些挖蟲草的人是無從描述的。這個國家，幾乎沒有他們可以清晰描述的電影。電影裡的幾個人說著這裡大多數人聽不懂的漢語普通話，從一個房間到另一房間，從一部汽車，到另一部汽車，從一座樓到另一座樓，說話，不停說話，生氣，流淚，摔東西，歡笑，然後接吻。對於挖蟲草的人們來說，他們生活在一個不真實的世界。一個與他們毫無關連的世界。但是，既然蟲草季已經結束，每戶人家挖到手的蟲草都一根根數過，這一個蟲草季掙到的錢都已經算得一清二楚，在帳篷裡是坐著，在電影屏幕前也是坐著，那就和大家一起在這裡坐著吧。看到後來，觀眾群中甚至發出了一陣陣笑聲。因為什麼事也不為，就喋喋不休地說話，奔跑，也真有些好笑。接吻的時候，因為碰到鼻子，而得伸出舌頭才夠得著別人的嘴唇也真是好笑。再後來，起風了。受風的銀幕被吹成了半球形。銀幕向前鼓，那些苗條的美女都向前鼓起了大大的肚子。風轉一個方向，銀幕往後鼓，銀幕上所有人不管在哭還是在笑，都深深地往前彎下了身子。這情形，同樣惹得人們大笑不止。風再大時，銀幕和銀幕上的人們被撕來扯去，這樣，電影晚會便只好提前結束了。

回到自己家的帳篷，爐子裡燃著旺火，肚子裡喝進了熱茶，母親突然笑起來。母親邊笑邊說：「那個人……那個女人，那個女人……」

父親也跟著笑了起來。

桑吉沒笑，他不會為看不懂的東西發笑。

他又打開那只箱子，那只讓他付出了三隻蟲草的箱子，把裡面的蟲草數了一遍。這一個蟲草季，他要寫一封信，告訴姊姊，這一個蟲草季，他和父親和母親三個人掙到了差不多五萬塊錢。

他不在紙上寫信。他要等回到學校，在多布杰老師的電腦上寫。姊姊給他留下了電子郵箱的地址。姊姊的學校有計算機房，她可以在那裡的電腦上收到信。他要告訴她，只差兩千多元，他們家這一個蟲草季就收入了五萬塊錢。他要告訴姊姊，趁這個時候，就是向父親一次要兩千塊錢他都不會心痛。

這天晚上，帳篷裡來了兩撥人。

一撥是放電影的人。他們來放電影是為了收蟲草。

一撥是寺院裡的人。

這兩撥人都沒有從他們家收到蟲草。

寺院的人問：「那賣給放電影的人了嗎？」

父親說：「要不是上面的幹部要，我們家的蟲草一定是賣給你們的。」

寺院裡的人不高興，罵道：「這些幹部手真長。」

這時，外面響起了汽車聲。

是調研員，他把汽車直接開到了桑吉家帳篷跟前。

這一回，他帶著一個蟲草商。

蟲草商是他的朋友。

以前，蟲草商是個副科長。他也是個副科長。

蟲草商辭職下海時，他成了教育局局長。蟲草商發了。他當了副縣長。蟲草商請他吃飯喝酒，說：「這個也是共同進步之一種。」

可是，一不小心，他就成調研員了。蟲草商發了更多的財。他又找蟲草商吃飯喝酒，他說：「這回，我掉隊了。」

蟲草商打開大冰櫃，拿出一包蟲草：「那有什麼，跑跑，送送，一下又追上來了。」

但他把蟲草又放回櫃子裡。

那天，他去送了自己買的蟲草回來，找到還住在縣城的蟲草商：「跑了，送了，真的管用嗎?他媽五萬多塊錢啊!」

「你他媽不知道別人也送嗎?」

「我沒親眼看見過。」

「人家收了嗎?」

「收了。可是我沒有錢了。」

蟲草商是他朋友:「再收二十萬的蟲草,不就賺回來了?」

「我沒有錢了。」

蟲草商從床下拖出一只髒口袋,踢了一腳:「從裡面取二十萬。」

髒口袋裡沉沉的全是錢。一萬元一札。調研員取了二十札。蟲草商又把袋子口紮好,踢回了床下。

蟲草商說:「我跟你去,收了,賣給我,給你五萬塊。」

調研員說:「還不是變相受賄。」

「我找你辦事了?」

「沒有。」

「如今我真要辦什麼事的話,你的官小了。」

這就樣，兩個人一起下鄉來收蟲草。

兩個人來在了桑吉家的帳篷跟前。

看見調研員，桑吉真還露出望眼欲穿的樣子。

調研員不慌不忙地數蟲草，然後看著桑吉的父親帶著心滿意足的神情一張張數錢。

然後，調研員和他的朋友又鑽到別人家的帳篷裡。

很晚了，桑吉還不想睡。他心裡記掛著調研員要送他的百科全書。

父親說：「睡吧，幹部沒有壓價就很好了，就不要指望他還送你東西了。」

桑吉不肯睡。他把頭埋在兩腿之間，失望快把他壓垮了。

這時，夜已經很深了。父親說：「我要睡了。」

桑吉不動。

父親過來叫他睡覺，他搖搖肩頭，把父親的手甩開了。父親嘆口氣，自己躺下了。

這時，他聽到吱的一聲叫喚，他知道那不是動物，那是調研員打開了汽車遙控鎖的聲音。然後，是明亮的燈光晃動。

他出去，調研員和他的朋友正在車邊搭帳篷——遊客們露營時搭的那種登山帳篷。

桑吉看著他們戴著頭燈，在帳篷裡鋪上防潮墊，打開睡袋。

調研員準備要睡下了，這時，頭燈照亮了桑吉的臉。

他拍拍腦袋，說：「看看，我這記性。」

調研員鑽出帳篷，說：「就讓你看一眼，看我是不是說話算話的人。」

他帶著桑吉來到汽車跟前，他說：「知道嗎？我待在你的學校的那幾天，把你的作業全部看了一遍，我跟你們校長說，這個地方，一時半會是不會出這麼出色的好學生了。」

然後，一個紙箱出現在他面前。就在汽車後排的座椅上。調研員把車頂燈打開，讓他看見了紙箱上就寫著百科全書的字樣。調研員拿出一把小刀，把封住箱子的膠帶拉開一條口子。桑吉拉開膠帶，扒開蓋子，眼前是整整齊齊的一排書燙金的背脊。

調研員摸摸他的腦袋：「我沒有食言吧。」

桑吉點點頭：「你沒有。」

「你老爹沒對你說幹部說話都不可靠嗎？」

桑吉說：「明年我要再給你十根蟲草。」

調研員笑起來：「十根蟲草就能換來這些書？不用了，反正這些書也沒人讀。」

桑吉爬上車去搬書箱，調研員把他的手按住了：「不行，明天我把這些書放在學校。你回去上學就能得到這些書，不回去，你就得不到。懂嗎，我要你好好上學。」

桑吉說：「我現在就想看。」

調研員從後座上翻出一件大衣，扔在他身上：「那就在車上看吧。」

桑吉就留在車上看書。

這些又厚又沉的書上字又小又密，卻又有那麼多的照片。這個晚上，他靠著這些照片幾乎看遍了整個世界。看見了巴黎的艾菲爾鐵塔，看見了南極洲的冰和企鵝。看見了遙遠的星球。看見了雪花放大後的漂亮模樣。他還知道了草原上幾種花好聽的名字：報春和杜鵑和風毛菊。只是，他沒有找到蟲草。書是外國人編的，他想，一定是他們那裡沒有蟲草。但想想又不對，他們那裡也沒有南極洲和企鵝，但書上有。後來，他在車上抱著書睡著了。

早上，車窗上結滿了霜花。

桑吉對打開車門的調研員說：「我愛這些書。」

調研員說：「現在，把它們裝回箱子裡，你回到學校就會得到這些書。」

他往箱子裡裝書時，還捨不得不看那些圖片。所以，人家把帳篷拆了，收拾進車的後備箱裡，他還有兩本書沒有裝回箱子裡。

汽車搖搖晃晃開動起來，他還在車後追出去好長一段。

那一天，全村的人都拆了帳篷，都帶著賣蟲草的錢準備回家。

所有人都顯得喜氣洋洋。

快到中午的時候，來主持感謝山神儀式的喇嘛們才來到。他們說，是因為在別村的儀式耽誤久了。但村裡人都知道，是因為這一年，他們在這個村沒收到多少蟲草。所以，儀式結束，村裡人都給了喇嘛們比平常多一些的供養。

全村人高高興興回去，桑吉卻一心只想早點回到學校。

百科全書對他不再是一個詞，而是一個實在的豐富無比的存在了。

百科全書裡有著他生活的這個世界所沒有的一切東西。巨大的圖書館，大洋中行進的鯨魚，風帆，依靠著城市的港口，港口上的鳥群與夕陽。

回到村裡，新修的定居點，看著那些一模一樣的房屋整齊排列在荒野中間，桑吉心裡禁不住生出一種淒涼之感。他心下有點明白，這些房子是對百科全書裡的某種方式的一種模仿。因為住在這些房子裡的人並沒有另外的世界中住著差不多同樣房子裡的人那樣相同的生活。

桑吉知道，那是百科全書在心裡發生作用了。

奶奶拄著枴杖立在家門口等候他們歸來。

桑吉把自己的額頭抵到奶奶的額頭上時，他聞到一種氣息，一種事物正在萎頓時所散發的乾枯氣息。

父親解開腰帶。

他腰帶上結著的每個疙瘩中都是一札錢。父親從中取出一張，讓他到齊米家去。

齊米家開著一個小賣部，出售電池、一次性打火機、方便麵、啤酒、香菸、糖果和雞蛋糕。

他用五十塊錢在小店裡買了啤酒和雞蛋糕。

一家人就在暖和的陽光下坐下來，父親享受啤酒，奶奶和媽媽享受雞蛋糕。

桑吉趴在草地上，看著奶奶癟著嘴，嘴唇左右錯動著，消受軟和的油汪汪的雞蛋糕，心裡生出比晒在身上的太陽還要暖和的感覺。他在想，一顆牙齒都沒有了的人，直接用牙床磨動是什麼感覺。

奶奶還不斷揚手，把手裡的糕點拋撒給在周圍吱吱喳喳起起落落的小鳥。

桑吉開心地笑了。

他對著奶奶大聲說：「奶奶，我明天就要回學校去了！」

奶奶對著他不明所以地微笑。

他又說：「奶奶，我有一部百科全書了！」

奶奶當然聽不懂什麼是百科全書，但她依然咧著嘴，把眼睛瞇成一條縫向著他微笑。

可是，桑吉沒有得到百科全書。

回到學校，他就問多布杰老師，調研員是不是真的把書留給了他。

多布杰老師表情嚴肅：「還是認識一下你逃學的事吧。」

他知道自己心裡對此並沒有什麼認識，只是像所有犯錯的學生那樣，低下頭假裝害怕與後悔，抬起左腳用靴底去蹭右腳的靴子。然後，用蚊子哼哼一樣的聲音說：「我錯了。我檢討。」

多布杰老師說：「別人認錯我相信，你認錯我不相信。」

這是他愛多布杰老師的重要原因。於是，他抬起頭來，把詢問的眼神投向多布杰老師。

老師說：「如果你覺得是錯的，你一定不會去做。」

桑吉從書包裡把作業簿掏出來，他把逃掉的那些課上該做的作業都做完了。

多布杰老師在畫畫，他用畫筆把遞到跟前的作業簿擋開：「不上課也能完成作業，你是想讓我知道你有多大的天才嗎？」

桑吉又從書包裡掏出一大把糖果，放在他的調色盤旁邊。

多布杰老師放下畫筆，剝開亮晶晶的玻璃紙，扔了一顆在嘴裡：「你勞動掙來的，味道不錯！」

桑吉這才敢說話：「我的百科全書。」

多布杰老師說：「原來這書是你的啊！」

「我的書在哪裡？」

多布杰老師：「那個人架子可是有點大，他還送書給你？」

桑吉說：「我的書在哪裡?!」

多布杰老師說：「他就在我辦公室來了一趟，說要看你的作業。他誇獎你了。」

桑吉著急了：「老師！」

「對了，你的書是吧。他倒是交了一箱書給校長。」

桑吉不等多布杰老師把話說完，就衝出了房間。出了房門，拐彎，第三間房，就是校長辦公室。桑吉見門虛掩著，便一頭衝了進去。

校長坐在一張插著國旗的辦公桌後面，背後是一張世界地圖。聽到腳步聲，他抬起頭來，不等桑吉開口，就揮揮手，說：「忘了進門的規矩嗎？出去！」

桑吉退到門口，把虛掩的門小心推開，喊：「報告！」

校長拖長聲音說：「進——來。」

桑吉進去，以立正的姿勢站在校長的桌前。

校長抬頭說：「原來是你。」

桑吉說：「我的書，我的百科全書。」

校長說：「你是不是送檢討書來了？」

桑吉說：「我已經在多布杰老師那裡檢討過了。他說調研員送我的百科全書在你這裡。」

校長用筆敲打著桌子：「對，是有一套百科全書，我以為調研員是送給我的學校的。我們整個學校都沒有一套百科全書，他怎麼會送給你呢？」

聽了這話，桑吉的淚水便沖破了眼眶。他根本沒料想到事情會是這樣。等到淚水沖出眼眶，他才想起警告自己不能哭，但這警告來得太遲了，他只能抑制著自己不哭出聲來，但淚水卻止不住嘩嘩流淌。

這下，校長有點不知該怎麼辦了：「好好說著話，這娃娃怎麼就這樣了！」桑吉覺得很丟臉，便轉頭衝出了校長辦公室。他也不敢回到寢室，把這樣子讓同學們看見，他轉頭衝上了校門外的山坡，一直到淚水停在了眼窩，不再往外流淌，才又回到學校。校長正在給辦公室的門上鎖。

他說：「我的書。」

校長一邊說話，一邊往家走：「正說話你跑什麼跑，又想逃學嗎？回去交份檢討書上來！」

這時，天上響了兩聲雷。這是這一年最初的兩聲雷。然後，就有點要下雨的意思了。

校長站在屋簷下看著天邊雲朵急速地堆積，他說：「不哭了？你說是天幫著我嚇你，還是幫著你嚇我？」

桑吉說：「調研員說他要把送我的百科全書放在學校，讓我回學校時取。」

校長說：「那他為什麼當時不給你？」

「他怕放在牛背上馱，會把書弄壞。」

天上啪哩啪啦降下了雪霰而不是雨水。校長站在屋簷下，桑吉站在露天裡，雪霰落下來。落在他肩頭和身上的，都蹦跳到地上，落在他頭上的，就窩在頭髮中不動了。

校長說：「站上來。」

桑吉不動。

校長說：「他是放了一套百科全書，可沒說要送給你。我還以為是配發給學校的。說了那麼多年，每所學校都要建一所圖書室，終於見到一箱書，居然有人跑來說是他的。」

「就是我的。」

「等他下次來調研時，我們當面問個明白。」

桑吉真是又要哭出來了。

校長身後的玻璃窗上，現出一張有些浮腫的臉，那是校長老婆的臉。那個女人沒有工作，包洗全校學生的被褥。她不犯哮喘的時候，半個月一換。要是她哮喘發作，那就沒準了。當她的臉顯得如此飽滿的時候，說明她的呼吸又被憋住了。

桑吉說：「校長你回去吧。」

校長說：「虧你好心，不纏著我了。」

桑吉說：「等調研員來再問他吧。」

「我不就是這個意思嗎！你回去吧。」校長把家門推開，又回過身來，說：「就算是學校圖書館的，你也可以借閱呀！」

桑吉進了校長家。

校長讓他在燃著爐火的客廳裡等著，自己進了裡間的房子。桑吉站在火爐邊，烤冰冷的雙手，鼻子聞到滿屋的草藥味，耳朵卻聽到了裡屋傳來哮喘聲。校長很快就出來了，手裡拿著一本百科全書：「這是第一冊。我知道你愛書，可不能耽誤了考試啊！」

桑吉抱著書，冒著雪霰，奔跑著穿過老師宿舍和學生宿舍間的那片空地。爬到床上，迫不及待打開了厚厚的書本。直到晚上十點，燈滅了，他才依依不捨地合上了書本。這個晚上，他久久不能入睡。聽著高原上強勁的風掠過屋頂。聽著起碼是三、四里外鎮子邊緣的藏獒養殖場裡那些野獸一樣的猛犬在月光下低沉的咆哮，眼前卻晃動著那本書中所描寫的寬廣世界。

第二天早上，蟲草假後學校重新開學。

全校學生排隊集合，廣播裡播放著國歌，因為音響的緣故，雄渾的音樂顯得有些單薄，升旗手把國旗在校園中緩緩升起。校長講話。

校長講了一個故事。一個學生愛書的故事。這個故事聽到多半，桑吉才聽出這似乎是在講昨天自己追著校長如何討要百科全書。不同的是，在這個故事中，昨天那種不愉快的情形消失了，而是一個學生聽說學校有了一套嶄新的百科全書，等不及學校圖書室正式建成，就纏著校長要先睹為快。

校長的結束語是：「同學們，我們為什麼要等待？難道圖書室建不成我們就不會產生對於書籍的渴望嗎？」

操場上整齊排列的學生隊列中響起了嗡嗡的議論聲。每個人發出一點點聲音，混同起來，就像是有一大群看不見的蟲子在天空中飛舞。待到大家都把眼光投到他身上時，桑吉才意識到校長講的是自己。那麼多眼光投射聚集到他身上的時候，他禁不住渾身顫抖。

他沒有想到，因為書，自己竟然成為了一個故事中的人物。

這得以讓他以一種不是自己的眼光來看待自己。

這有點像從鏡子裡看見自己。

桑吉看見了一個人站在故事裡。

校長講完話，操場上的人散去了。這一天的風很小，懶洋洋地，有一下沒一下地吹著。假期結束後新換的國旗在微風中輕輕翻捲。教室裡學生們拖長著聲音朗讀課文。桑吉不喜歡用這樣的腔調念誦課文，他喜歡按自己的節奏在心中默念。在他自己的節奏中，藏文字母一隻隻像蜜蜂輕盈飛翔，漢字一個個叮咚作響。這一節課，他沒有念誦課文。

他坐在一教室的拖長聲音朗讀課文的同學中間，他看見了故事裡的那個桑吉。那個桑吉穿著一件表面有些油垢的羊皮袍子，袍子下面是權充校服的藍色運動衫，赭色的面龐，眼睛放射著晶瑩的光亮。這兩年，這個六年級學生個頭的生長猛然加快，原先寬大的皮袍纏上腰帶，拉出一兩道使袍子顯得好看的褶子後，都蓋不住膝蓋了。當然，他也可以只穿校服。但那藍色的運動裝，在這個季節卻顯得過於單薄了。桑吉看見故事中那個桑吉，眼睛裡燃燒著渴望。真像忽忽閃閃的爐膛中的火苗一樣灼人，一樣滾燙。百科全書中說，那些面臨大海的冰川有朝一日，就會震天動地地崩塌下來，在海洋中激起巨大的波浪。百科全書中相關的辭條還說，那些海裡有巨大的鯨魚，那些冰山上有成群的企鵝。相比於其他學生，桑吉有一個特別的本事，他能把那些看起來本不相關的辭條連結起來，就像他能把一篇又一篇課文連結起來。他恍然看見海上冰山崩塌時，鯨魚憤怒，企鵝驚走。桑吉恍然看見這世界奇景的眼睛如星光一樣閃爍。

上午的四節課很快就過去了。掛在操場的那個破輪胎鋼圈敲響的時候，同學們奔向飯堂，他卻跑出學校，奔向了學校背後的高崗。此時的桑吉覺得，那些正被春草染綠的連綿丘崗，丘崗間被陽光照耀而閃閃發光的蜿蜒河流，也像百科全書一樣在告訴他什麼。

那一刻，他兩腮通紅，眼睛灼灼發光。

這時，一匹馬晃動著腦袋伸到了他面前。馬背上坐著一個喇嘛。

喇嘛翻身下馬，坐在了他身旁。

桑吉還沉浸在自己營造出來那種令人思緒遄飛的情緒中，所以不曾理會那個喇嘛。

受慣尊崇的喇嘛不以為意，文縐縐地說：「少年人因何激越如此？」

桑吉抬手指指蜿蜒而去河流。

喇嘛說：「黃河。」

桑吉：「它真的流進了大海？」

喇嘛說：「是啊！生長珊瑚樹的大海，右旋螺號的大海。」

喇嘛又讚歎：「一個正在開悟的少年！」

喇嘛勸導他：「聰明的少年，聽貧僧一言！」

桑吉：「你說吧。」

喇嘛說：「河去了海裡，又變成了雲雨，重回清靜純潔的啟源之地。所以，我們不必隨河流去往大海。」

桑吉：「我就想隨著河流一路去向大海。」

喇嘛搖頭：「那一路要染上多少塵垢，經歷多少曲折，情何以堪！情何以堪！少年人，你有這麼好的根器，跟隨了我，離垢修行吧！」

桑吉站起身來，跑下了山崗。

不一會兒，他又氣喘吁吁地抱著那冊百科全書爬上了山崗。他出汗了。整個身體都散發著皮袍受熱後散發的腥羶的酥油味道。

喇嘛還坐在山崗上，那匹馬就在他身後負著鞍韉，垂頭吃草。

桑吉把厚厚的書本遞到他手上。

喇嘛翻翻書說：「偉大的佛法總攝一切，世界的色相真是林林總總啊！」

桑吉說：「我不當喇嘛，我要上學！」

喇嘛起身，摸摸他頭，桑吉覺得有一股電流貫穿了身體。

桑吉說：「三年了，我在收蟲草、祭山神的喇嘛中間沒有見過你。」

喇嘛翻身上馬聲音洪亮：「少年人，機緣巧合，我們才在此時此地相見。」

桑吉心中突然生出不捨的感覺，因此垂頭陷入了沉默。

喇嘛勒轉了馬頭：「少年人可是回心轉意了？」

桑吉搖了搖頭，抱著書奔下山崗。

這時，他覺得餓了。同學幫他留了飯。他端著飯盒狼吞虎嚥的時候，還從窗口望了一眼山上，那個喇嘛還騎在馬上，背襯著藍天，是一個漂亮的剪影。

同學說：「乖乖，我們都以為你要跟他走了。」

多布杰老師也來了：「就跟班覺一樣。」

桑吉問：「班覺是誰？」

「以前的一個學生，一個跟你一樣聰明好學的孩子。」多布杰老師說，「不過，也許你比班覺更聰明。」

多布杰老師拿著裝著長焦距鏡頭的照相機，靠到窗口想拍一張山丘上那個馬上喇嘛的剪影，可是那個人和他的馬都消失了。山丘上，青草的光亮背後是藍天，藍天上是閃閃發光的潔白雲團。

桑吉接過相機，從長焦的鏡頭裡瞭望天空。鏡頭把天上懸垂的靜靜雲團一下拉到面前。鏡頭裡，遠看那麼靜謐的雲團是那麼不平靜，被高空不可見的風撕扯鼓湧著，翻騰不已。

一個星期後，星期六，桑吉看完了第一本百科全書。他沒有回家，他走進校長家去換第二冊。他沒有想到，校長拒絕了他。校長說：「就這麼幾本書，大家都想借，你說我該借給誰？我只好一個人都不借。等著吧，等圖書室辦起來你再來吧。」

桑吉說：「本來就是我的書。」

校長冷笑：「你的書？調研員來，我代表學校請他吃肉喝酒，他連謝謝都沒說一聲，扔下這幾本書就走了。他沒說聲謝謝，更沒說這書是給某個學生的。」

桑吉心裡冒起了吱吱作響的火。

校長問：「回去做作業吧，馬上要小升初考試了。」

桑吉想說我恨你。但他想起，父親和母親都對他說過，不可以對人生仇恨之心。

校長問：「你想說什麼？」

桑吉臉上露出微笑：「我不怪你。」

校長：「你——不——怪我？」

桑吉肯定地說：「我不怪你。」

校長：「你是想說你不恨我吧？」

桑吉說：「等上了初中，我到縣城問調研員去！」

其實，那時桑吉是有些恨意的。因為臨出門時，他聽到內室裡傳來校長家那個三歲多的孫兒的啼哭聲。然後，那個哮喘病的奶奶，就把他還去的那本書放在了那個哭泣的孩子跟前。孩子不哭了。用一雙髒手去翻動書中那些圖片。

校長並不尷尬，說：「將來他肯定比你還愛書。」

桑吉不忍再看，因為那孩子臉上掛著的鼻涕眼淚正從臉上慢慢下滑，就要滴落到他心愛的書上了。

那個身心俱疲的奶奶，把身子靠在床上，閉目休息。

桑吉跑出了那間房子。

他很憤怒，他跑到多布杰老師房子裡。

多布杰老師不在。他肯定是跑到鄉衛生院找那個新來的女醫生去了。

於是，他去了娜姆老師那裡。

老師靜靜坐在窗下的陽光裡，表情嚴肅。

錄音機裡放著倉央嘉措情歌：「如果沒有相見，人們就不會相戀，如果沒有相戀，怎會受這相思的熬煎。」

老師聽著歌，眼望著窗外，連他進屋都沒有看見。

桑吉改變了主意，悄悄退了出來。

6

桑吉決定馬上就到縣城去找調研員。

桑吉所在的這個小鄉鎮離小縣城有一百公里遠。他在多布杰老師房門前貼了張條子，說他回家去看奶奶了。

然後，他跑到街上，到回民飯館買兩只燒餅。

第一爐燒餅已經賣光，他得等第二爐燒餅出爐，於是就在附近的幾個鋪子閒逛。美髮店的洗髮女坐在店門前染指甲。銀飾鋪的那個老師傅正對小徒弟破口大罵。修車店的夥計們看他晃悠過來，就把橡膠內胎收拾起來。他們這樣做不是沒有理由。學校裡調皮的男學生喜歡這些橡膠皮，自己做彈弓，或者，割成長長的橡膠條，用來送給女生們跳皮筋。那些嘴碎的女生就在水泥地上蹦蹦跳跳：三五六、三五七、四八、四九、六十一！或長或短的辮子在背上搖搖擺擺。在這個中國邊遠的小鄉鎮上，還流行著一句話，一個在這句話的發明地早被忘記的話。桑吉見修車舖的用警惕的眼光看著他，並把破輪胎內袋收拾起來，便說出了那句話：「毛主席保證，我從來沒有拿過這破爛玩意！」

那些人說：「原來你就是那個愛說大人話的桑吉。」

桑吉知道，自己做為愛說大人話的桑吉和一看書就懂的桑吉名聲，已經在這小鎮上廣為流傳。

桑吉滿意地點了點頭，然後來在了白鐵舖前。

舖子裡，敲打白鐵皮的錘聲叮噹作響。

老師傅用一把大剪子把鐵皮剪開，他的兒子手起錘落，那些鐵皮便一點點顯出所造器物的形狀，最多是小火爐子。也有人拿來燒穿了的鋁鍋，在這裡換一個鍋底。現在，這位師傅是在做一只水桶。桑吉喜歡白鐵皮上雪花一樣的紋理。老師傅認出了桑吉，停下手中的剪子，拿下夾在耳朵上的菸捲，點燃了，深吸一口，像招呼大人一樣招呼他：「來了。」

桑吉說：「來了。」

「這回又要做個什麼新鮮玩藝？」

看來，鋪子裡的人還記得他和父親來做的那只箱子。

桑吉搖搖頭：「我就是看看。」

「是啊，你不會再要一只同樣的箱子了。」老師傅說。

他兒子也停下了手中的活計，說：「我還以為很多人學著要做一只那樣的箱子，可就只做了那一只。」

桑吉坐下來，彷彿看見兩年前來做這箱子時的情形，又想起這只箱子引出來的這些事，這才有點像個故事的樣子了。

這時，隔著幾個鋪子，回民飯館戴白帽子的小夥計用擀麵杖邦邦地敲打案板，這是在招呼桑吉，燒餅好了。故事還在繼續。桑吉在店裡討張紙，把兩只燒餅包起來，裝進雙肩包裡，就上路了。他的腳前出現了一只空罐頭盒子，他便一路踢著這破鐵盒子往前走。直到鎮外的小橋上，他把這盒子踢到了橋下。兩隻黃鴨被從河面上驚飛起來，在天上盤旋著，誇張地鳴叫。

後來，他遇到了一個騎摩托的。摩托車後座上坐著一個姑娘，姑娘的手臂緊緊環抱著騎士的腰。摩托迅速超過了他。等他轉過一個彎道，看見摩托停下來在等他。

騎車人問：「你就是那個桑吉吧？」

桑吉說：「你說是那就是吧。」

「你這是要去哪裡呀？」

桑吉回答得很簡潔：「縣城。」

「我到不了縣城，但我可以帶你一段。」

桑吉看看那個姑娘，說：「坐不下，你請走吧。」

那個姑娘笑笑，從車後座上下來，拍拍坐墊。

桑吉騎上去，那姑娘又推他一把，讓他緊貼著騎車人的後背，自己又騎了上來。

摩托車啟動了。

他本該感覺到風馳電掣帶給他的刺激。

多布杰老師騎摩托時，有時會帶上他，讓他不時發出又驚又喜的尖叫。

但這回他全沒有飛馳的感覺，他只感到自己被夾在兩個壯實的身體中間，都要喘不上氣來了。那個姑娘坐在他身後，伸出雙臂抱住騎手的腰。姑娘一用勁，他的臉就緊貼到騎手的背上，而姑娘富於彈性的胸脯緊貼在他的背上。摩托在坑窪不平的路上每一次顛連，都讓他受到那軟綿綿的撞擊。他當然知道那是什麼東西。終於他開始大叫：「我受不了了，我要下去！」

摩托車停下，桑吉終於從兩個火熱的身體間掙脫出來，站在路邊上大口呼吸沒有這兩個人身體氣息的新鮮空氣。

摩托車手拍一下姑娘的屁股，跨上了摩托。摩托車載著兩個哈哈大笑的人遠去了。

桑吉邊走邊想了一個問題，長成大人後，是不是每個人都要讓身體把自己弄得神魂顛倒。一隻盤旋在天上的鷹俯衝而下，抓起一隻羊羔飛到了一堵高崖之上，讓他結束了對那個無聊問題的思考。

走了差不多兩個小時，他遇到了一輛拉礦石的汽車。

卡車司機往他手上塞了一個打火機，往他面前扔了一包菸。讓他每十五分鐘給他點一支菸。

點第一支菸，桑吉就給嗆著了。他還把香菸盒上的吸菸有害健康的字樣念給司機聽。司機大笑：「媽的，又當婊子，又立牌坊！」

桑吉大致知道婊子是什麼，比如是鎮上美髮店中門前染著紅指甲，總對著鏡子做表情的懶洋洋的年輕女人。但他不知道牌坊是什麼意思。

他問卡車司機，司機皺著眉頭想了好一陣子，說：「媽的，我說不出來。就像一張獎狀吧。」

司機為此還有些惱怒了：「你這個小鄉巴佬都沒見過那東西，我怎麼給你講？」

桑吉不服氣：「多布杰老師就可以！百科全書也可以！」

司機轉怒為喜：「看不出來，你還是個愛讀書的娃娃！那你可以對沒見過那東西的人說出那東西！」他還問，「等等，你剛才說什麼書？」

「百科全書。」

「那是種什麼書？我兒子就愛看男女亂搞的書！」

桑吉帶著神往的表情說：「百科全書就是什麼都知道的書！」

「你有那樣的書？」

桑吉有些傷心：「我現在還沒有。」

司機把才抽了一半的香菸扔到窗外，摸摸他的頭：「你會有的，你一定會有那樣的書！」

桑吉笑起來：「謝謝你！」

司機說：「有人讓你不舒服，有人讓你起壞心眼，但你是個讓人高興和善良的娃娃！你一直是這樣的嗎？」

桑吉想了想，說：「我也有不高興的時候。」

「哦，人人都有不開心的時候。在這個世界，要多想好事情，讓你自己高興的好事情！」

桑吉想：「這個叔叔說話一直都用感嘆號。」

在一個岔路口，一個巨大的藍色牌子指出了他們要去的不同地方。司機要去省城，把礦石運到火車站。姊姊上學的那個學校，夜深人靜的時候，可以聽到遠遠的火車汽笛聲。而他要去的拐向左邊的縣城，他的旅程還剩下二十多公里。

司機從駕駛室伸出頭來，說：「你會得到那個什麼書的！」

桑吉回報以最燦爛的微笑。

他又走了半個多小時，後來，是一臺拖拉機把他帶到了縣城。

桑吉問他在縣城裡遇到的第一個人：「調研員在哪裡？我要找他。」

那是個正在惱火的人：「我要找一個局長，一直找不見，你還來問我？我去問誰？」

桑吉問第二個人：「我是桑吉，請問調研員在哪裡？」

那個人問街邊柳樹下立著的另一個人：「什麼是調研員？」

那個望著柳樹上剛冒出不久的新葉的人搖頭說：「我不知道那是什麼東西！」

倒是另一個坐在椅子上打盹的人說：「是一種官，一種官名。」那個人睜開眼睛，問桑吉，「你找的這個官叫什麼名字？」

這時，桑吉才想起自己並不知道調研員的名字。

那個人搖搖頭：「這個冒失娃娃，連人家名字都不知道呢！」

桑吉想起來，調研員自我介紹過自己的名字，但他卻想不起來了。

又有一個人走來，說：「找官到政府嘛！政府在那邊！」

果然，桑吉就看到了縣政府的大院子。氣派的大門，院子裡停著好些亮光閃閃的小汽車。

可是保安不讓他進到那個院子：「你都不知道找誰，放你進去，我還要不要飯碗了？」

桑吉想說央求的話，卻就是說不出來。

這時，他看到了調研員開到蟲草山下來的那輛豐田車。他有過目不忘的本領，所以，現在看到那輛車的號牌，他就清清楚楚記起來。桑吉對保安說：「就是坐那輛車的調研員！」

保安說：「是他！昨天剛走！高升了！」

桑吉和保安當然都不知道。這個人由副縣長而調研員，又調到另一縣任常務副縣長，都是他去了一趟蟲草山，送了幾萬塊蟲草給上面的緣故。

桑吉問：「他什麼時候回來？」

保安說：「回來？回來幹什麼？不回來了！」

這時，調研員已經坐在另一個縣政府會議室裡了。上面來的組織部長正把他介紹給參加會議的一百多個幹部，部長說了很多表揚他的話。接下來，他又說了些謙虛的話。

天邊霞光熄滅的時候，路燈亮起來。

桑吉走在街上，雙腿痠痛，他得找個過夜的地方。

桑吉不知道，他的三隻蟲草，一隻已經被那位書記在開會時泡水喝了。

那天，喝了蟲草水的書記精神健旺，中氣十足地講了一個多小時的話，講資源開發與環境保護的辯證法。講了話，他轉到後臺的貴賓室，對祕書說，講這些話真是累死人了。這時，坐在下面聽報告的主管礦山安全的常委進來報告，開發最大礦山的老闆要求增加兩百噸炸藥的指標。書記說，我正在講對環境友好，你們卻恨不得把山幾天就炸平了，他要增加炸藥指標，那得先說稅收增加多少！

常委出去了，書記回到辦公室，拿起杯子，發現杯子裡水已經乾了，身邊沒有人。

祕書見常委進來，自己迴避了。書記也不想起身自己從淨水機中倒杯水，就把杯子裡臥著的蟲草倒在了手心，送進嘴中，幾口就嚼掉了。

臥蠶一樣的蟲草有一股淡淡的腥味，書記想，這東西就是半蟲半草的東西。即便是嚼碎了，仍感到肚子裡有什麼東西在蠕動的感覺，這使得他突然噁心起來。

這時，又有人敲門，他忍住了噁心，坐直了身體。

晚上回家，書記顯露出很疲倦的樣子，他老婆說，某常委陪著個礦山老闆送來了五公斤蟲草。

書記說，前些日子不是還有人送來一些嗎？合到一起，叫個穩妥的人給省城的老大送去吧。書記又躊躇說，媽的，現在關於老大要栽的傳言多起來了，中央巡視組又要來省裡了，你說這個時候送去合適不合適？

書記老婆說，年年都送，就這一回，送，不送，有什麼分別？

書記舉起手，做一個制止的姿勢，要權衡，要權衡，要權衡一下。

他老婆冷笑，權衡晚了，一窩貪官，讀過《紅樓夢》吧，一損俱損，一榮俱榮，不在這一次了。

書記便說，那就照老規矩。

不照老規矩還怎麼的，新規矩容不下你！

於是，桑吉的那兩隻蟲草，和別的上萬隻蟲草一起，從冰櫃裡取出來，分裝進一只只不透光的黑色塑料袋，躺在了一只大行李箱中。

分裝的過程中，兩隻蟲草被分開了，分別和一些陌生的蟲草擠在一起。這些蟲草都在從蟲到草的轉化過程中。也就是說，在秋天，臥在地下黑暗中的蟲子被某種孢子侵入了。牠們一起相安無事地在地下躲過了冬天的嚴寒。春天，蟲子醒得慢，做為植物的孢子醒得快，於是，就在蟲子的身體裡開始生長。長成一隻草芽，拱破了蟲子的身體，拱破了地表，正在向著被陽光照耀的草地探頭探腦，正準備長成完完全全的一棵草，就遇到桑吉這樣挖蟲草的人了。那隻僵死的充滿了植物孢子的蟲子便進入了市場。

袋子裡這些蟲草擠在一起，彼此間甚至有些互相討厭。蟲子味多的，討厭草味多的。草味濃厚的，則討厭那些蟲子味太重的。

這些蟲草先坐汽車到了省城，卻沒有進省城叫老大的那個人的家。門上的人就攔了路，說這些日子，老大不在家裡見人了。送蟲草的人說，以前老大都是要過過目的。回說，什麼時候了，走！走！老大煩著呢，過目就免了。所以，這些蟲草只到了老大家院子裡，停在樓門口。這部車加了一個司機，老規矩，車上的貨直接送到機場。在機場停車場，司機打開行李箱，從中取出了一包。更多的蟲草坐上了飛機，從省城去往首都，然後去了一個深宅大院中的地下儲藏室。

這個房間有適合這些寶貴東西的溫度與濕度。

這個房間裡已經有了很多很多的東西，光是蟲草，起碼就在五萬根以上。這是去年的光景，二〇一四年，情形不同了。手機微信裡，老百姓的言說中，有種種老大要栽的傳言。司機在望得見機場候機樓的地方停下來，坐在車裡看了一陣飛機的起起落落。一個司機開口說，送不送到，老大多半是不會知道了。兩個司機就掉轉了車頭。

這時，天大亮了，進城的時候，太陽從他們的背後升起來，街上的樹影、電線杆影都拉得很長。司機停下車，敲開了一家小店的門，把一袋蟲草遞進去。這一袋足有一千多隻蟲草。小店老闆說，好幾萬呢，沒有這麼多現錢，還是打到你那張卡上吧。

司機說：不會又拖拖拉拉的吧。

小店老闆說：哪能，銀行一開門，馬上就辦。

老闆離開店去銀行前，從屋子裡把一個燈箱搬出來。上面寫著：回收名酒、名菸、蟲草。

這也是往年的老規矩。今年卻有些不同了，司機一把拉住那店老闆，到了車尾，打開後車門。店老闆一看那麼多蟲草，刷一下白了臉，我店小，我店小，你們還是去找個大老闆吧。兩個司機焦灼起來，一時間哪裡去找一個穩妥的能吃下這麼多貨的大老闆。立時站在當地，急得滿頭大汗。

桑吉不知道正在發生的這些蟲草的神祕旅行。桑吉不知道，他的那兩隻蟲草被分開了。一隻本該去老大的老大家的地下室，不見天日，這回卻落在兩個司機手裡，等待一個新老闆。這些蟲草如何出手，如何繼續其神祕的旅行，又是另外一個離奇故事了。

桑吉在縣城的街道上晃蕩時，黑夜降臨了。

他餓了，他很餓了。他花了六塊錢，在一個小飯館要了一碗有牛肉有香菜葉的熱湯，吃自己帶在身上的兩個燒餅。那個小飯館裡的服務員笑話他：「你這個傻瓜，帶兩個冷餅子幹什麼？我們這裡有熱燒餅！」

老闆娘把服務員罵走了。老闆娘又往他的海碗裡盛了大半瓢湯，說：「慢慢吃，不要理他！」

飯館靠牆的桌子上，放著一臺電視機，裡面正在播放縣電視臺的點歌節目。當一個個點歌人的名字出現時，飯館裡稀稀落落的幾個本地顧客就說：「媽的，這狗日的也會給人叫歌！」

為某某和某某新婚點歌。

為某某新店開張點歌。

為某某某生日點歌。

喝湯吃燒餅的人就笑罵：「這孫子是給他的局長點歌！」

然後，是某某蟲草行為眾親友和員工點歌。

歌是當地人都聽不懂的話，只能看懂字幕，是閩南語的〈愛拚才會贏〉。

飯館裡人開始談這個蟲草行老闆。說，原來就是個街上的混混嘛。說，剛去收蟲草時，被人把牙都打掉了嘛。說，英雄不問出處，人家現在是大老闆了。

這時的桑吉面臨的是另一個問題，自己身上只有一張十元錢，掏出來付了牛肉湯錢，就只找回來皺巴巴的四張一元鈔了。

老闆娘把這四張零鈔從圍裙兜裡掏出來，拍到桑吉手上，他馬上意識到，在舉目無親的縣城，靠這四塊錢，他肯定找不到一個過夜的地方。

高原上，一入夜便氣溫陡降，桑吉沒有勇氣離開飯館，走上寒冷而空曠的縣城的街道。

店裡的顧客一個個離開了。

服務員關掉了電視，老闆從裡屋的灶臺邊走出來，坐在桌子邊點燃了一支菸。他看看桑吉，對解下圍裙的老闆娘說：「逃學的娃娃。」

老闆娘便過來問他：「娃娃，說老實話，是不是偷跑出來的？」

桑吉不知怎麼回答，只是使勁地搖頭。

老闆娘放低了聲音：「是不是偷了家裡的東西想出手啊？」

桑吉更使勁地搖頭。

「是不是帶了蟲草？」

提到這個，桑吉的淚水一下就湧出了眼眶：「調研員把我的三隻蟲草拿走了，說換給我一套百科全書，可是，校長說，那是給學校的。我來找調研員，可是他調走了，當縣長去了！」

「是他啊！他怎麼會要你三隻蟲草！」老闆娘臉上突顯驚異的神情，「什麼，你用蟲草換書！」

老闆站起身來，把燃著的菸屁股彈到門外：「這個世道，什麼事都要問個究竟，回家！娃娃今晚就睡在店裡吧。」老闆指指那個服務員，「跟他一起！」

老闆和老闆娘出了門，嘩啦啦拉下捲簾門，從外面上了鎖。

那個孩子氣的服務員先是做出不高興的樣子，把桌子拼起來，在上面鋪開被褥，自己躺下了。等老闆和老闆娘的腳步聲遠了，消失了，才問他：「你真沒有帶一點點蟲草出來？」

桑吉說：「我真的沒有。」

服務員拍拍被子說：「上來吧。」

桑吉脫下袍子爬上床。

服務員說：「滾到那邊去，我才不跟你頭碰頭呢？」

桑吉就在另一頭躺下了，他剛小心翼翼地把腿伸直，那邊就掀開被子，跳起身來：「媽的，你太臭了！」

桑吉還不知道怎麼回應，他卻彎下腰，臉對臉興奮地說：「給你看樣東西！」

他踮起腳，把天花板頂起來，取出一只小紙盒子，放在桑吉面前：「打開！打開看看！」

桑吉打開了那只紙盒子，裡面整整齊齊睡著一排排緊緊相挨的蟲草：「這麼多！」

「我兩年的工錢！一共兩百根！每根賺十塊，等於我給自己漲工資了！」

服務員又把蟲草收起來，把天花板復原，這回，他自己把枕頭搬過來，和桑吉躺在了一起。他說：「等著吧，幾年後，我就自己當蟲草老闆！」他望著天花板的眼光，像是望著一個遙遠的地方，「我今年十五歲，等著吧，等我二十歲，收蟲草時就讓你給我帶路，介紹生意！」

桑吉笑了：「那時我都上高中了。」

「媽的，我還以為到時候可以僱你呢？」

桑吉問他另外的問題：「你不用把錢拿回家去嗎？」

這個十五歲的小服務員用老成的語氣對他說：「朋友，不要提這個問題好嗎？」

小服務員要關燈睡覺了。

桑吉提了一個要求：「我想再看一會兒電視。」

小服務員：「愛看看吧，我可不陪著你熬夜。」說完，用被子蓋著頭睡了。

桑吉拿起遙控器，一個頻道一個頻道按過去。他驚奇地發現，縣城裡的電視機能收到的臺比鄉鎮上的多多了。當然鄉鎮的電視機又比村子裡的電視收到的臺要多。

這個晚上，他從縣電視臺收到了央視的紀錄片頻道。畫面裡，蔚藍的大海無盡鋪展，魚群在大海裡像是天空中密集的群鳥。軍艦鳥從天空中不斷向著魚群俯衝。人們駕著帆船駛向一個又一個綠寶石一樣的海島。這部片子放完了，是下一部即將播放的新片的預告。一部是戰爭片，飛機，大砲，衝鋒的人群，勝利的歡呼。一部是關於非洲，比這片草原上的人膚色更黑的人群，大象，獅子，落日，還有憂傷的歌唱。

桑吉想，原來電視裡也有百科全書一樣的節目。

接下來，廣告。桑吉沒有想到的是，這是一條關於蟲草的廣告。一個音調深沉的聲音在發問：「你還在泡水嗎？你還在煎藥熬湯嗎？你還在用小鋼磨打粉嗎？」桑吉這才知道，人們是如何吃掉那些蟲草的。泡在杯子裡。煮在湯鍋裡。用機器打成粉，再當藥品吃下。

這樣的結果讓桑吉有些失望：神奇的蟲草也不過是這樣尋常的歸宿。

早上，桑吉醒來時，那個小服務員已經在捅爐子生火和麵了。

桑吉又多睡了一會兒。他躺在床上想家，想學校。直到老闆夫婦開捲簾門的聲音響起，他才趕緊起身穿上了袍子。吃完早飯，老闆吩咐服務員把桑吉帶到汽車站。老闆娘把一張十塊錢的鈔票塞到他手上，說：「買一張汽車票夠了，回學校去好好念書吧。」

老闆又給他兩只剛出爐的燒餅。老闆說：「算算，兩只燒餅六元，一頓早餐十二元，一晚上住宿費二十元，一共欠我四十四元。」

服務員插嘴說：「還有我的被子錢十元！」

老闆笑著望望天花板：「那就用你賺的錢替他還。我想你們已經是朋友了。」

7

回到學校，桑吉問多布杰老師：「為什麼縣城的電視裡有那麼好的頻道？」

多布杰老師說：「靠！你的問題太多了！你只有好好讀書，考到那些大地方去，就沒有這些問題了！」

桑吉知道，多布杰老師說的是對的。

馬上要小升初了，他也不問百科全書的事了，一門心思按老師的布置認真複習。

然後，考試。

然後，什麼也不幹，等待考試的結果，和錄取通知。

這期間，被省裡老大家司機賣到回收店的那隻蟲草，被一戶普通人家買去了。他們一共從那個小店買去了二十根蟲草。價格是五十塊一隻。這家的老人被醫院宣布已無藥可救，他們把老人接回家裡，請了中醫來看，中醫的意見是提氣。提氣的藥都是很貴的，人參和蟲草。這家人就買了二十根蟲草，每次兩根，燉在湯裡，給老人提氣。桑吉的那一隻，燉成了第八碗湯。那碗湯，老人沒有喝完，他頭一歪，嘴半張著，湯卻慢慢從嘴角淌下來，順著脖子流到了胸脯上。

這個桑吉不知道。

那時，他回到家裡等通知。有一天，他突然要父親帶他上山去，他想看看真正長成了一株草的蟲草是什麼樣子。

父親笑了：「我只知道挖蟲草時蟲草的樣子，我想沒有人知道長成草的蟲草是什麼樣子！」

桑吉不相信，但他問遍了全村的人，真的沒有人認得出長成草的蟲草是什麼樣子。

桑吉想，明年蟲草季，他要留下一株蟲草，做一個鮮明的記號，隔一段時間就去看一眼，這樣，自然就知道蟲草後來長成什麼樣子了。他就帶著這麼一個想法回學校去了。

考試成績下來了。

桑吉考出了這所學校辦學以來的最好成績，被自治州的重點中學錄取了。

姊姊寄來了一張漂亮的明信片，預祝他高中時可以考到省城的中學。

後來，是畢業典禮。

父親穿著乾淨的白襯衣，牽著馬來接他。

桑吉去多布杰老師和娜姆老師那裡告辭，還帶上了父親帶來的新鮮乳酪。

多布杰老師把那包用新鮮的橐吾葉包裹著的乳酪塞到他手上：「做為這個學校最好的學生，你該去看看校長。他會高興的。」

桑吉有點不情願，但他還是去了校長家。

見到他，校長真的很高興，拍著他的腦袋說：「有出息，有出息。我來這個地方還是個剛從師範學校畢業的年輕人，現在老了，要退休了。你考得這麼好，我很高興，很高興。」

桑吉被感動了，把乳酪放在校長面前的茶几上，認認真真地對校長鞠了一躬。

他直起身來的時候，看到校長的裡屋的床上，他那患哮喘的妻子倚在床邊，看著他們的孫子高高興興坐在床上，面前攤著一本百科全書。那孩子正伸手把一張紙從書上撕下來，孩子舉起手中帶著畫片的紙，高興地搖晃。

桑吉轉身跑出了房間。

多布杰老師對桑吉說：「你要原諒他。」

桑吉不知道，自己會不會原諒校長。

直到新學期開始，桑吉踏進學校的圖書室。他說：「我要借一套百科全書。」

圖書管理員告訴他：「百科全書是工具書，不外借，但可以就在圖書室查閱。」

桑吉便在桌子前坐下來，等人把那厚重的書本放在他面前。

走出圖書館時，他說：「我明天還要來。」

晚上，他從學校的計算機房給多布杰老師發了一封電子郵件。他在信裡說：「我想念你。還有，我原諒校長了。」

九歌文庫 1210

蘑菇圈

作者	阿來
責任編輯	蔡佩錦
創辦人	蔡文甫
發行人	蔡澤玉
出版發行	九歌出版社有限公司
	臺北市105八德路3段12巷57弄40號
	電話／02-25776564・傳真／02-25789205
	郵政劃撥／0112295-1
九歌文學網	www.chiuko.com.tw
印刷	晨捷印製股份有限公司
法律顧問	龍躍天律師・蕭雄淋律師・董安丹律師
初版	2016（民國105）年 1月
定價	280元

書號	F1210
ISBN	978-986-450-034-5

（缺頁、破損或裝訂錯誤，請寄回本公司更換）

版權所有・翻印必究　Printed in Taiwan

國家圖書館出版品預行編目資料

蘑菇圈 / 阿來著. -- 初版.--
臺北市：九歌, 民105.1
256面 ；14.8×21公分. --（九歌文庫；1210）

ISBN 978-986-450-034-5（平裝）

857.63　　　104026390